Simon van der Geest

KRASS HÜPFER

Aus dem Niederländischen von
Mirjam Pressler

GULLIVER
von BELTZ & Gelberg

Ebenfalls lieferbar:
»Krasshüpfer« – im Unterricht
in der Reihe *Lesen – Verstehen – Lernen*
ISBN 978-3-407-63089-6
Beltz Medien-Service, Postfach 10 05 65, 69445 Weinheim
Kostenloser Download: www.beltz.de/lehrer

MIX
Papier aus verantwortungsvollen Quellen
FSC® C089473

Dieses Buch ist erhältlich als:
ISBN 978-3-407-74894-2 Print

Die Übersetzung des Buches wurde von der Niederländischen Stiftung
für Literatur gefördert
Übersetzung: Mirjam Pressler
Neue Rechtschreibung
Einbandgestaltung: formlabor
Einbandbilder: shutterstock.com/pio3; geraria
Innenillustrationen: Karst-Janneke Rogaar
Innentypografie: Bettina Wahl
Druck und Bindung: Beltz Grafische Betriebe, Bad Langensalza
Printed in Germany
2 3 4 5 22 21 20

Weitere Informationen zu unseren Autor_innen und Titeln
finden Sie unter: www.beltz.de

21. Juni

Du weißt nicht, was du in den Händen hältst.
In diesem Heft, das du jetzt vor dir hast, habe ich den Krieg beschrieben, den Krieg zwischen mir und meinem Bruder.
Auf diesen Seiten habe ich vor einem Monat begonnen, alles über meine Insekten zu erzählen. Und über meinen Bruder und unsere Geheimnisse.
Damals wusste ich nicht, dass alles aus dem Ruder laufen würde. Ein paar Geheimnisse bleiben besser verborgen, am besten tief unter der Erde. Manche Geheimnisse kriechen von selbst ganz langsam heraus. Andere stinken und fressen überall Löcher hinein.
Lass dieses Heft ja nicht in die falschen Hände fallen!
Ich weiß nicht, ob du richtige oder falsche Hände hast. Ich kenne dich nicht, trotzdem erzähle ich dir alles.
Jemand muss es ja erfahren.
Du sollst aber verstehen, was ich bei dir ablade. Wenn du das hier gelesen hast, gibt es keinen Weg zurück. Du musst wissen, dass ich dich in unseren Krieg mit hineinziehe. Wenn du darauf keine Lust hast oder dich nicht traust, musst du jetzt aufhören zu lesen und dieses Heft verstecken. An einem Ort, wo es nur jemand findet, der Geheimnisse bewahren kann. Jemand mit richtigen Händen. Aber ich glaube nicht, dass du das tun wirst, denn du liest ja immer noch. Siehst du: Du hast richtige Hände.

Diesen Zettel klebe ich vorne rein, damit du weißt, worauf du dich einlässt. Vor einem Monat war dieses Heft noch leer. Ich habe es aus dem Schrank geholt, habe mich in meinen Keller gesetzt und die ersten Seiten geschrieben. Es war der Tag, an dem mein Bruder mir den Krieg erklärte.

Freitag
20. Mai

Lieber Ichweißnichtwieduheißt,

ich werde meine Tiere verlieren. Alle. Mein Bruder wird sich meinen Keller unter den Nagel reißen. Drei Jahre lang habe ich an meinem Insektenlabor herumgewerkelt und es aufgebaut. Drei Jahre lang habe ich Insekten gesammelt und gepflegt. Und plötzlich sollen sie alle verschwinden?

Er hat es gerade gesagt, bei den Spaghetti, einfach ganz nebenbei. Wir saßen uns am Tisch gegenüber. Mam war nicht da – mein Bruder und ich essen normalerweise zu zweit oder jeder allein, weil Mam oft bis spätabends arbeitet.

Er sagte: »He, Spinnerling*, hör zu. Ich kriege ein Schlagzeug. Das Schlagzeug kommt in den Keller. Ich richte mir dort einen Übungsraum ein. Also musst du abzischen.«

Ich weiß nicht, ob du einen Bruder hast. Ich weiß nicht, ob er älter oder jünger ist. Meiner ist älter. Große Brüder denken oft, dass sie was Besonderes sind. Sie denken, sie können dir sagen, was du zu tun hast, nur weil sie zufällig ein paar Jahre früher geboren wurden als du. Sie kümmern sich nicht um dich, und wenn sie dir irgendetwas abnehmen wollen, sagen sie seelenruhig: zisch ab.

»Wir haben Michel aus der Band geworfen«, erzählte Jeppe

* Ich heiße nicht Spinnerling. Mein Bruder nennt mich so, um mich zu ärgern. Ich heiße einfach Hidde.

weiter. »Er hat's nicht gebracht. Hat ständig seine Stöcke kaputt geschlagen. Und ist immer zu spät gekommen. Jetzt werde ich der neue Schlagzeuger.«

»Kannst du denn Schlagzeug spielen?«, stotterte ich.

»Natürlich, du Schmeißfliege. Aber ich muss viel üben. Deshalb bekomme ich jetzt das Schlagzeug.«

Er stopfte sich ein Hackfleischbällchen in den Mund und schmatzte weiter: »Stiers Bruder hat einen Bus, damit kommt er nächsten Mittwoch und bringt es vorbei. Bis dahin muss der Keller leer sein. Du hast also noch anderthalb Wochen, um dein Ungeziefer rauszuräumen.«

Ich starrte ihn an. Es war, als würde mein Stuhl verschwinden, der Tisch und der ganze Raum. Ich schwebte ins Nichts.

»Hallooo?« Er fuchtelte mit der Hand vor meinen Augen rum.

»Aber …«, bekam ich heraus, »warum kann das Schlagzeug nicht in dein Zimmer?«

»Siehst du es vor dir? Mein Zimmer ist viel zu klein. Ein Schlagzeug gehört in den Keller, Mann.«

Ich machte den Mund auf, aber kein Ton kam heraus. Es war ein Gefühl, als hätte ich einen Ballon in der Kehle, der immer größer wurde. Bis er platzte.

»Und was ist mit dem Deal?« Ich schnappte, als könnte ich das Wort wieder verschlucken, aber es schwebte schon durch den Raum. Es war seltsam, es nach all dieser Zeit laut auszusprechen.

Jeppe erstarrte. Eine Sekunde. Dann hob er den Arm und rammte mit einem lauten Schlag seine Gabel in den Tisch. Die Gabel blieb zitternd in der Tischplatte stecken.

Jeppe schaute mich unter seiner fetten Haarlocke an. »Aufpassen, Spinnerling. Damals waren wir klein. Und ich habe nie gesagt, dass du den Keller für ewig haben kannst. Du hast ihn lange genug gehabt. Jetzt bin ich an der Reihe.«

Er stand auf, öffnete die Spülmaschine, warf seinen Teller hinein und verzog sich in sein Zimmer. Ich bekam keinen Bissen mehr runter.

Jetzt sitze ich also im Keller. Ich schreibe das auf. Meine Hand zittert noch immer. Die Grashüpfer und Grillen zirpen so laut, als würden sie einen Wettkampf austragen.

Ich schaue mich um, und ich sehe die Lichter in den Glasbehältern scheinen, ich sehe die Tiere über das Glas krabbeln, ich sehe die Tische mit meinen Büchern und meinen Sachen, meine Tabellen an der Wand, ich sehe den halben Drachen, den Ward an die Wand gemalt hat. Ich habe das alles schon tausendmal betrachtet, und trotzdem ist es jetzt anders.

Der ganze Keller leer – ich versuche, es mir vorzustellen. Der ganze Keller leer und kahl und dunkel.

Jeppe hat noch nichts getan, noch ist nichts kaputt, meine Tiere leben noch, und trotzdem fühlt es sich an, als ob alles zerbricht und zusammenstürzt. Ich muss die Geschichte erzählen, bevor es zu spät ist. Ich hoffe, dass du mir zuhörst, auch wenn du mich nicht kennst.

Mein geheimer Keller ist der beste Platz für eine Insektensammlung. Er ist ruhig, dunkel und feucht, das mögen sie. Außerhalb des Kellers sterben meine Tiere.

Ich habe so lange daran gearbeitet. Ich habe stunden-, nein tagelang nach neuen Insekten gesucht. Im Wald, auf der Heide, auf Äckern. Ich habe alle Terrarien Stück für Stück eingerichtet, mit Zweigen, Steinen, Erde, Sand und Muscheln, ich habe Lämpchen anmontiert. Ich habe kleine Leitern zusammen-

DER KELLER

Mein Labor

geklebt für die Rosenkäfer, aus meinem alten Eisenbahntunnel habe ich einen Kletterfelsen für die Grillen gemacht. Ich habe sogar ein Blinklicht für mein Glühwürmchen gebaut, damit es sich nicht so allein fühlt.

Mein Labor ist das Schönste, was ich habe.

Wenn mein Labor bald weg ist und niemand was davon weiß, ist es, als hätte es nie bestanden. Als wäre alles umsonst gewesen.

Deshalb muss jemand dieses Heft später lesen. Wer, das weiß ich noch nicht. Vielleicht ist es auch egal, wer es ist. Hauptsache, irgendjemand liest es.

Dieser jemand bist jetzt also du. Deine Augen gleiten über diese Buchstaben. Sogar wenn es meinem Bruder gelingt, sich den Keller unter den Nagel zu reißen und bald nichts mehr von meinem Labor und meinen Insekten übrig ist, dann hast du doch dieses Heft gelesen. Du kannst erzählen, wie es hier war. Und wie mein Bruder alles kaputt gemacht hat.

Aber ich hoffe, ich kann meinen Keller behalten. Ich hoffe, ich kann meinen Bruder auf andere Gedanken bringen. Das ist schwer, denn wenn Jeppe etwas will, donnert er wie ein Nashorn darauf zu.

Momentan habe ich:

2 verschiedene Arten Tausendfüßer
2 Arten Grashüpfer (ein Grüppchen Sandgrashüpfer und eine Gottesanbeterin: Die nenne ich Jackie Chan)
4 Arten Würmer
3 Arten Schnecken
1 Art Grillen
1 Art Ohrwürmer
1 Art Blattheuschrecken

2 Arten Stabheuschrecken
Und fünf Arten Käfer: Rosenkäfer, Totengräber, Nashornkäfer, ein Glühwürmchen (Glühwürmchen sind auch Käfer) und einen Goldglänzenden Rosenkäfer (er heißt Tessa).
Außerdem habe ich noch ein paar Schachteln mit besonderen toten Insekten.

Der Goldglänzende Rosenkäfer ist das aller-allerseltenste Insekt. In den Niederlanden seit 1967 nicht mehr gesehen. Wahrscheinlich habe ich das letzte Exemplar der Niederlande gefunden. Während ich dies schreibe, sehe ich ihn gerade unter seiner Lampe durchlaufen. Sein Panzer schillert in unzählbaren Farben.

Ich kann meine Insekten nicht verlieren. Dann bleibt mir nichts.

Blöd, dass ich nicht verstanden habe, worauf Jeppe hinauswollte. Dass ich es nicht vorausgesehen habe. Ich hätte besser aufpassen sollen. Vorgestern hat er sich schon anders benommen als sonst. Ich fange mal damit an, was da passiert ist.

Vorgestern
Mittwoch
18. Mai

Die Mittwoche sind am schönsten. Da habe ich den ganzen Nachmittag frei und kann in meinem Keller sein.

Nach der Schule schmierte ich mir ein paar Brote, nahm einen Apfel und eine Banane für die Käfer und die Schnecken. Ich wollte gerade in den Keller gehen, als Jeppe in die Küche kam.

»Hidde, du musst mir dein Labor mal wieder zeigen. Ich bin schon so lange nicht mehr da gewesen.« Er setzte sich mit einem Sprung auf die Anrichte.

Ich starrte ihn an. Er nennt mich nie bei meinem richtigen Vornamen. Ich murmelte, ich müsse erst noch aufräumen.

»Das macht nichts, echt. Einfach mal anschauen«, sagte er. Seine Beine baumelten. Seine Absätze knallten an die Türen.

Warum wollte er plötzlich mein Labor sehen? Er hat sich doch nie für meine Tiere interessiert. Er nennt sie »Viecher«. Er nennt sie »Ungeziefer«. Er nennt sie »Flöhe«. Dabei gehören Flöhe ausgerechnet zu den Insektenarten, die ich nicht habe.

»Hast du neue?«, fragte er.

»Hmm.«

»Welche?«

»Eine Kuckuckshummel.«

»Was ist das?«

»Willst du das wissen?«

»Ich habe doch gefragt, oder?«

»Eine Hummelart. Aber viel schlauer.« Sonst sagte ich nichts.

Ich kann stundenlang über Insekten reden, aber bei meinem Bruder muss ich immer aufpassen. Meist kommt ein blöder Witz.

Diesmal kam nichts. Er legte den Kopf schräg.

»Wieso? Erzähl doch mal.«

»Die Weibchen sind zu faul, um selbst ein Nest zu bauen. Deshalb benutzen sie einfach die Nester von anderen Hummeln.«

»Wow.«

Ich wartete auf einen dummen Spruch. Aber er hörte einfach nur zu. Vielleicht war er plötzlich klüger geworden. Vielleicht wollte er wirklich mehr über Kuckuckshummeln wissen.

Also fing ich an. Ich erzählte, dass die Kuckuckshummel heimlich in das Nest von gewöhnlichen Hummeln krabbelt. Wie sie sich dort ein paar Tage versteckt, um den Duft anzunehmen. Wie sie dann eines Tages plötzlich den großen Angriff startet, die Königin totsticht und danach ihre Eier legt und sie von den Arbeiterinnen der ermordeten Königin versorgen lässt. Ich erzählte und erzählte. Jeppe hörte mit großen Augen zu.

»Zeig«, sagte er und sprang von der Anrichte.

Ich hätte es besser wissen müssen. Ich hätte nicht reinfallen dürfen. Aber ich dachte, er fände es wirklich interessant. Dass er wenigstens einmal etwas sehen wollte, das mir gehörte. Und dass er dann in der Schule angeben würde: »Mein kleiner Bruder weiß alles über Insekten.«

Kurz darauf liefen wir die Treppe hinunter.

»Nicht zu laut sprechen«, sagte ich noch.

Er knipste das große Licht an. »Nein, nicht!«, rief ich und schlug ihm auf die Hand, sodass es sofort wieder ausging.

»Tut mir leid, aber das Licht darf man nie anmachen.« Ich drückte noch immer seine Finger. Seine Hand fühlte sich warm an. Ich zog meine Hand zurück.

»Entspann dich«, flüsterte er. »Und schrei nicht so, das halten sie nicht aus.« Er grinste.

Wir liefen zwischen den Tischen hindurch. Es roch gut. Das beruhigte mich. Mein Labor riecht immer, wie soll ich sagen, ein bisschen muffig, aber es riecht auch ein bisschen nach getrocknetem Gras und nach Wald im Sommer. Manchmal rieche ich einen Hauch Alarmdüfte der Tausendfüßer oder der Nashornkäfer. Das riecht wirklich nicht gut, trotzdem. Ich rieche, dass das mein Platz ist. Mein Labor.

Jeppe lief zwischen den Terrarien herum. Er berührte die Wände. Schaute zur Decke. Ich dachte mir nichts dabei.

»Willst du sie sehen?«, fragte ich.

»Wen denn?«

»Meine Kuckuckshummel, natürlich.«

»Oh. Ja. Zeig sie mal«, sagte Jeppe, während er eine Steckdose betastete.

Ich holte die Schachtel hervor.

»Aber die ist ja tot«, rief er.

»Was hast du denn gedacht? Ich kann doch keine lebende Hummel in einer Schachtel halten? Die brauchen mindestens eine ganze Wiese als Territorium.«

Jeppe starrte mich dumm an und schnauzte, ich solle nicht so schlau tun. Ich wischte schnell das Lachen aus meinem Gesicht und legte die Schachtel zurück. Jeppe war wieder Jeppe. Er stellte sich mitten in den Keller, zwischen die Grashüpfer und die Nashornkäfer. Er breitete die Arme wie Flügel aus und ließ den Blick noch mal herumwandern.

Er grinste. »Ich habe genug gesehen. Danke.« Er stampfte die Treppe wieder hinauf und schlug die Luke mit einem Knall zu.

Ich blieb mit einem seltsamen Gefühl zurück, ein bisschen, als wäre ich nackt. Die Regenwürmer waren bei dem Gestampfe aus der Erde gekrochen und ringelten sich erstaunt auf dem Boden.

Ich hatte seinen Plan nicht durchschaut.

Je mehr ich darüber nachdenke, umso mehr finde ich, dass Jeppe ein Einsiedlerkrebs ist.

Ein Einsiedlerkrebs ist ein Krebs in einer Muschel. Du hast vermutlich schon mal welche am Strand gesehen. Sie sehen ganz witzig aus: wandernde Muscheln mit einer einzigen großen Schere. Aber sie sind nicht witzig. Wenn ein Einsiedlerkrebs zu groß für seine Muschel wird, dann macht er sich auf die Suche nach einer neuen. Er misst ihre Größe mit seinen Scheren ab. Hat er eine passende gefunden und wohnt zufällig ein anderer

Krebs darin, der schwächer ist, jagt er ihn hinaus. Er kneift den kleinen Krebs so lange, bis der sich ergibt und aus der Muschel flieht. Und der große Einsiedlerkrebs quetscht sich rückwärts in die eroberte Muschel.

»Ein Schlagzeug gehört in einen Keller, Mann.«

Das werden wir schon noch sehen, Jeppe. So leicht gebe ich nicht auf.

Wir wohnen zu dritt in diesem Haus. Wir sind wie Ameisen, denke ich manchmal. Jeder hat seine eigenen Wege. Haustür-Küche-Fernseher-Schlafzimmer-Küche und so weiter. Manchmal begegnen wir uns. Dann bleiben wir kurz stehen. Wir sagen meist nicht viel. Ameisen tippen sich an und schlagen sich auf die Schulter, so geben sie weiter, wo Futter liegt. Mam macht nur eine Handbewegung und sagt: »Im Kühlschrank ist Eintopf.« Oder sie schreibt es auf einen Zettel.

Eine Ameisenkolonie ist eine Familie mit Tausenden Ameisen. Eine Mutter – die Königin – und Tausende Töchter. Sie haben auch einen Vater, aber der fliegt sofort davon. Den gibt es eigentlich nicht.

Unser Vater ist auch weggeflogen. Schon lange her, ich war noch sehr klein. So klein, dass ich mich an fast nichts erinnere. Nur an Sandpapierwangen und einen Schnurrbart, nicht mehr. Meine Familienkolonie besteht jetzt nur noch aus uns dreien. Einer Mutter und zwei Söhnen. Das kann man eigentlich kaum eine Kolonie nennen.

Früher waren wir mehr. Jeppe und ich hatten noch einen Bruder. Er hieß Ward. Er war der Älteste. Er konnte durch die Nase pfeifen. Er konnte mich auf seinen Schultern tragen. Er konnte wunderbar Drachen malen. Er hatte eine Plastikschachtel mit knallroten und blauen Pillen, von denen er jeden Tag ein paar

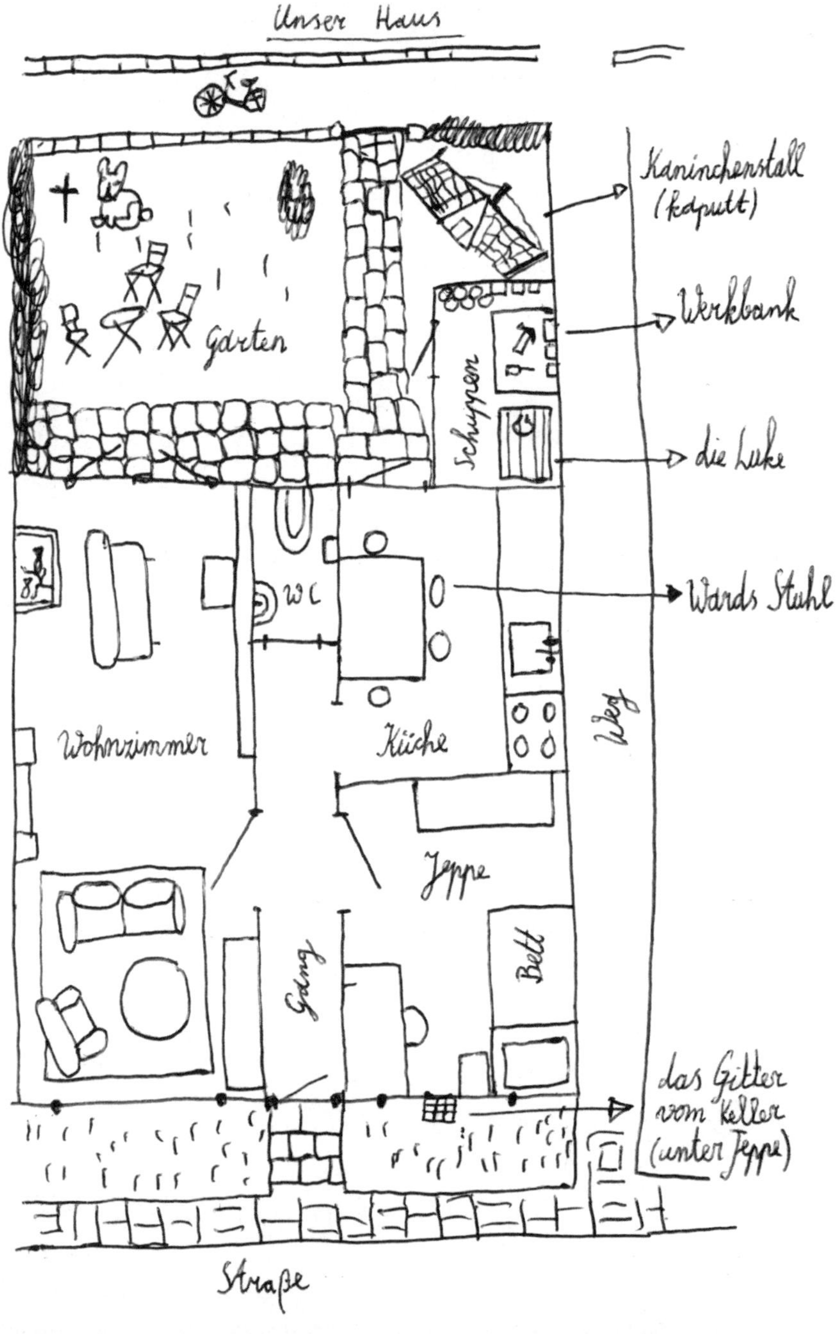

Unser Haus
Kaninchenstall (kaputt)
Werkbank
die Luke
Wards Stuhl
Garten
Schuppen
WC
Wohnzimmer
Küche
Weg
Jeppe
Bett
Gang
das Gitter vom Keller (unter Jeppe)
Straße

nahm. Für seine Superkräfte, sagte er immer. Ich glaubte ihm. Ich wollte ihm glauben.

Er war stärker als Jeppe. Manchmal rollten sie durchs Gras, und dann setzte Ward sich auf ihn, drückte ihn auf den Boden und setzte seine Knie auf seine Muskelpakete. Ein seltsamer Gedanke, dass Jeppe auch einmal einen großen Bruder gehabt hat.

Jetzt merkt man kaum noch, dass es Ward früher gegeben hat. Sein Stuhl ist auf Mams Wunsch am Tisch stehen geblieben. Darauf liegen immer Prospekte und Zeitschriften, dann sieht er weniger leer aus.

Heute
Freitagabend
20. Mai

Draußen dämmert es schon, aber ich sitze noch hellwach an meinem Schreibtisch im Keller. Die Grashüpfer und Grillen zirpen eifrig. Mam ist nach Hause gekommen. Sie denkt bestimmt, ich würde schon im Bett liegen. Als ob ich jetzt schon schlafen könnte.

Ich weiß nicht, was ich tun soll. Ich kann meinen Keller nicht verlieren. Wo soll ich mit all meinen Tieren hin? Übrigens, es ist mein Keller. Das ist eine Abmachung. Jetzt und für immer. Was nun zu »damals waren wir klein« geworden ist. Ich bin gerade mal ein Meter einundvierzig. Das kann man nicht groß nennen.

Ich werde den Keller verbarrikadieren müssen.

Ein Schloss an die Luke. Ich habe noch ein Kettenschloss von meinem Fahrrad, wenn ich das durch den Griff schiebe und an einem Tischbein von der Werkbank festbinde, kann ich den Keller abschließen.

Aber dann kann er mir noch immer auflauern. Du wirst sehen: Er legt sich in einen Hinterhalt, und gerade wenn ich den Schlüssel ins Schloss stecke, springt er auf mich, dreht mir den Arm auf den Rücken, nimmt mir den Schlüssel ab, ja, und dann?

Hätte ich bloß einen Stechrüssel.

Oder giftige Härchen mit Juckpulver wie die Raupe des Ritterfalters.

Oder Boxarme wie die Gottesanbeterin.

Vielleicht denkst du jetzt ja: Warum der Streit über einen Keller? Wenn der Keller dir gehört und dein Bruder stellt sich weiter an, dann hol doch einfach deine Mutter?

Das geht nicht. Und zwar darum:

1. Unsere Mutter ist unsichtbar.
2. Sie weiß nicht einmal, dass es einen Keller gibt.

Wir halten den Keller geheim. Nicht ein bisschen geheim, nicht klein-Kinder-spannend-spannend-geheim, nein, wirklich geheim-geheim. Nur ich und Jeppe wissen davon. Und früher noch Ward. Wir haben ihn zu dritt entdeckt.

Wir waren gerade in die W■■■straße* gezogen. Ward, Jeppe und ich wollten nicht unbedingt aus dem alten Haus ausziehen, wir fanden es dort prima, aber Mam wollte einen »frischen Anfang«. Ich habe nicht so recht verstanden, was an einem Umzug »frisch« war. Es gab vor allem einen Haufen Staub.

In dem neuen Haus funktionierte die Heizung noch nicht. Vielleicht hat sie das gemeint. In den ersten Wochen saßen wir in Decken gewickelt am Tisch.

Das neue Haus war kleiner. Dachten wir. Wir hatten den Keller noch nicht entdeckt.

Damals spielten Jeppe und ich noch zusammen. Und natürlich mit Ward. Es war ein altes Haus und zum Glück nicht sehr aufgeräumt, also gab es viel zu erkunden.

* Ja, sorry, aber es ist besser, wenn du nicht genau weißt, wo ich wohne. Deshalb habe ich es durchgestrichen. Nicht dass ich dir nicht traue, aber so kannst du dich auch nicht zufällig verplappern.

Auf dem Dachboden entdeckten wir eine Schachtel mit falsch zusammengeklebten Flugzeugen.

Entweder hatte der ehemalige Bewohner sehr schlechte Augen oder er war dabei, ein neues Stuntflugzeug zu entwerfen, das besonders gut Kurven fliegen konnte. Wir probierten es aus: Ward stand oben an der Treppe und ließ die Dinger fliegen, Jeppe und ich standen unten, um sie aufzufangen. Sie flogen hübsche Kreise. Das Fangen klappte nicht, weil wir uns vor Lachen bogen. Es kam zu spektakulären Notlandungen.

Wir erforschten den Gartenschuppen. Wenn man bei uns durch die Küchentür in den Garten geht, steht er dort rechts, direkt am Haus. In dem Schuppen lag alles mögliche alte Gerümpel. Rohre, rostige Farbdosen, ein Sack Zement, der steinhart geworden war, Teppichrollen, verstaubte Bretter, eine alte Werkbank mit einem rostigen Schraubstock und ein kaputtes Fahrrad. Wir wollten schon wieder rausgehen, als Jeppe ein paar Bretter wegtrat und eine verschlissene Fußmatte verschob.

»He, ein Ring!«

Aus dem Boden ragte ein Ring.

Wir zogen die Bretter und die Matte zur Seite, wischten den Staub ab. Es war eine metallene Luke von ungefähr einem Meter mal einem Meter.

Jeppe zog mit aller Kraft an dem Ring. Nichts. Ward konnte die Luke auch nicht bewegen. Wir bildeten eine lebende Kette: Ward zog am Ring, Jeppe zog an Ward und ich hing an Jeppe. Es ging nicht. Das Ding bewegte sich keinen Millimeter. Die Luke war festgerostet.

Ward und Jeppe stöhnten und zerrten. Jeppe stieß sich den Kopf an der Werkbank an, fluchte und gab Ward die Schuld.

Ich sagte: »Cola.«

Jeppe rieb sich den Kopf. »Was soll das, Cola?«

»Cola löst Rost auf. Vielleicht lässt sie sich dann bewegen.«

Ward grinste. »Klugscheißer. Besserwisser. Kommt.«

Kurz darauf gossen wir drei Flaschen Cola in die Ritzen der Luke. Ich hatte Angst, dass Mam böse würde, aber Jeppe meinte, sie würde es bestimmt gar nicht merken.

Danach versuchten wir noch einmal, an der Luke zu ziehen. Sie knarrte und bewegte sich ein kleines bisschen. Meine Brüder hatten beide einen roten Kopf und auf ihren Oberlippen standen Schweißtröpfchen. Ihre Augen funkelten. Wir versuchten es mit einer Stange als Hebel.

Endlich begann die Luke zu quietschen und nachzugeben. Mit einem Ruck klappte sie auf und wir taumelten alle drei zu Boden.

Ich könnte schwören, dass ich das Loch erleichtert seufzen gehört habe. Kalte Luft stieg aus der dunklen Öffnung herauf. Der Anfang einer Treppe war zu sehen. Der Rest wurde von der Dunkelheit verschluckt.

Es kitzelte bis in unsere Zehen, so gern wollten wir hinunterlaufen.

Wir riefen uns gegenseitig zu, das sei bestimmt ein Geheimkeller oder ein Folterkeller oder ein mittelalterlicher Kerker.

Wir holten Taschenlampen und leuchteten in die Öffnung. Die Treppe führte zu einem Keller unter unserem Haus. Er schien endlos tief zu sein.

Ward ging voraus. Schritt um Schritt stiegen wir die Treppe hinunter. Das Licht seiner Taschenlampe glitt über die Stufen, auf denen eine dicke Schicht Staub lag.

Jeppe war vor mir. Mit einer Hand hielt ich mich an seinem Pullover fest.

»Jep?«, flüsterte ich.

»Ja?«

»Was ist, wenn jetzt das Dach einstürzt?«

Ich war damals noch ein kleiner Hosenscheißer.

»Das kommt darauf an. Wenn wir unter dem Schutt begraben werden und du übrig bleibst, dann darfst du unsere Legosteine haben.«

Ich blieb stehen.

»Das war doch nur ein Witz! Das Dach stürzt nicht ein.«

»Das weiß ich ja«, murmelte ich, ging aber keinen Schritt weiter.

»Wart mal eben, Ward«, sagte Jeppe und drehte sich wieder zu mir um. »Hör zu, Hidde. Wir haben das hier gemeinsam entdeckt und gehen also auch gemeinsam hinein.« Er nahm meine

Hand. Da fand ich es nicht mehr so unheimlich. Wir stiegen die Treppe weiter hinunter.

Die Wände waren aus grauem Beton. Die Decke war nicht sehr hoch, Ward konnte sie fast mit der Hand berühren, wenn er sich auf die Zehenspitzen stellte. Oben in einer der Wände war ein Gitterrost, an der Straßenseite. Eine Efeuranke wuchs herein. Der Raum war rechtwinklig und groß und leer. Bis auf zwei Tische und ein paar Stühle. Sonst nichts. Der Keller musste sich unter dem ganzen Haus erstrecken.

»Wow.« Jeppe unterbrach die Stille. Es hallte.

»Unser Keller«, sagte Ward.

»Unser Keller«, sagte auch ich. Ich horchte, wie das klang.

Jeppe stand zwischen uns. Er legte uns die Hände auf die Schultern. »Mam braucht hiervon nichts zu wissen.«

»Natürlich nicht«, sagte Ward.

»Niemand braucht etwas davon zu wissen«, sagte Jeppe.

»Nur wir, nicht wahr?«, sagte ich.

Meine Brüder nickten. Jeppe kniff mich sanft in die Schulter. Das weiß ich noch.

Wir hatten große Pläne. Es sollte ein Musik- und Eisenbahnraum werden. Und eine Schreinerwerkstatt und ein Raum für Lichtshows, aber auch ein Stall für Nachttiere.

Wir würden die Wände mit Leuchtfarbe anstreichen.

Wir würden Fledermäuse züchten.

Wir sprachen Codes ab, geheime Schlüsselwörter, die bedeuten sollten: »Nicht aufmachen. Mam in der Nähe«, oder: »Alles sicher, ich bin's«. Und jeder von uns hatte seinen eigenen Code.

Wenn die Schule aus war, rannten wir sofort nach Hause.

Wir kehrten den Boden. Wir strichen anderthalb Wände

weiß. Jeppe hängte eine Lampe auf. Ich brachte meine Stabheuschrecken hinunter. (Damals hatte ich erst einen Glasbehälter.) Ward zeichnete mit einem Stift einen halben Drachen an die Wand. Weiter ist er nie gekommen. Wir hatten den Keller erst eine Woche, da ist Ward gestorben. Es lag an seiner Krankheit. Ich kann wenig darüber sagen, ich habe alles vergessen.

Danach gehörte der Keller mir. Jeppe kam nicht mehr herunter.

Es ist seltsam, das aufzuschreiben.

Als wäre Ward wieder da, als würde er zwischen den Seiten dieses Hefts herumlaufen.

Und es ist seltsam, dass Jeppe und ich jemals so zusammengehalten haben. Das geht mir jetzt einfach nicht mehr in den Kopf.

Samstagmorgen
21. Mai – Noch elf Tage, bis Jeppe mit seinem Schlagzeug kommt

Mittwoch in einer Woche will er hier rein. Ich muss meinen Keller so schnell wie möglich zu einem Bunker umbauen. Heute Nacht habe ich mir ein paar Sachen überlegt.

BUNKERPLAN

1. Ein Alarmsystem:
– Überall dünne Drähte spannen, wie ein Spinnennetz. Möglichst tief, damit sie nicht auffallen. Im Schuppen, im Garten (dem Gartenweg!) und an der Hintertür.
– Eine Klingel daran befestigen. Es muss schon mit dem Teufel zugehen, wenn ich ihn dann nicht hören würde.

2. Abschreckung mit einem falschen Wespennest:
– Schwebfliegen züchten und sie im Schuppen frei herumfliegen lassen. Am besten sind Wespenschwebfliegen, die sehen genau aus wie Wespen, aber sie können nicht stechen. (Jeppe hasst Wespen. Als er klein war, ist er mal in ein Wespennest gefallen.)

3. Wenn er es doch durch die Luke schafft: ein Schleimgeländer!
– Schleim von Nacktschnecken sammeln. (Ihr Schleim ist der übelste Schleim, den es gibt. Er klebt an allem fest, und sogar nach achtmal Waschen stinken deine Hände noch.)

– Mit einem Messerchen abschaben und in einer Dose aufheben. (Die Schnecken mit einem Stöckchen anstochern, dann sondern sie besonders viel Schleim ab.)
– Den Schleim an das Geländer der Kellertreppe schmieren. (Ich selbst kann es dann natürlich auch nicht mehr benutzen.)

Für das falsche Wespennest habe ich schon ungefähr zwanzig Schwebfliegenpuppen. Ich bin zum Ländchen geradelt, da habe ich sie gefunden.

Das Ländchen ist eine Stelle am Rand des Dorfs hinter dem Friedhof. Dem Friedhof, auf dem Ward begraben liegt. Ich radle oft dorthin, um Insekten zu suchen und frische Zweige und Blätter zu holen. Manchmal gehe ich auch zum Grab, aber ich weiß nie so genau, was ich dort tun soll. Auf seinem Stein ist ein Drache. Den betrachte ich dann, bis ich von einem schönen Mistkäfer abgelenkt werde. Oder von einem Totengräber. (Den Käfer meine ich, nicht den Kerl, der sich um die Gräber und Sträucher kümmert, der kann mir gestohlen bleiben.) Dann gehe ich schnell zum Ländchen, weil dort viel mehr besondere Tiere zu finden sind. Auf dem Friedhof selbst habe ich den Totengräber (den Mann) manchmal mit Giftspritzen hantieren sehen. Als ob hier nicht genug Tote liegen würden.

Das Ländchen ist ein Feld mit ein paar Bäumen, mit Sträuchern und Brennnesseln. An drei Seiten gibt es Wassergräben und an der vierten die Friedhofshecke. Nun, im Frühling, kann man hier viele Insekten finden. An einer Öffnung befindet sich der Komposthaufen des Friedhofs. Der ist immer voller verblühter Blumen. Dort habe ich zum Beispiel die Kuckuckshummel gefunden, im Kelch einer Lilie.

An der Hecke liegen auch lose Backsteine. Die braucht man nur anzuheben, und schon entdeckt man irgendein schönes Insekt.

Ich habe schon sehr viele verschiedene Arten auf dem Ländchen gefunden. Feldgrillen, Säbelheuschrecken, Tausendfüßer, Sandschnurfüßer, und auch eine Sumpfschrecke. Und natürlich meine Totengräber. Es ist gut möglich, dass sie in Wards Sarg waren. Dass sie geholfen haben, ihn aufzuräumen. Er lag schließlich nur ungefähr zehn Meter von der Stelle entfernt, wo ich sie gefunden habe. Wenn das so ist, haben sie ein winziges Stück Ward in sich. Dann habe ich hier in meinem Keller ein Terrarium mit sechzehn Mini-Wards stehen.

In diesen Tagen ist das Ländchen voller Schmetterlinge. Admirale, kleine Füchse, Kohlweißlinge, Zitronenfalter, Heufalter, und ich habe sogar eine Aurelia gesehen! Lieke würden die Augen aus dem Kopf fallen.

Lieke ist ein Mädchen aus meiner Klasse. Ihre Lieblingstiere sind Schmetterlinge. Ich sollte sie eigentlich mal fragen, ob sie mit mir zum Ländchen gehen will. Aber ich trau mich nicht. Seit dem Getue mit dem Spinnerling kratzt sie sich immer an der Nase, wenn ich auf sie zugehe.

Das sollte ich vielleicht mal erklären. Ich hatte mal eine besondere Kreuzung* für sie gemacht. Von einem Schmetterling und einer Spinne.

Das war mein Bauplan:

1. Beide Tiere mit ein bisschen Alkohol betäuben.
2. Vorsichtig die Flügel abschneiden.
   Nicht den Leib beschädigen.
3. Mit einem Pinselchen einen dünnen Rand
   Klebstoff anbringen.
4. Flügel an die Spinne transplantieren.

Ich habe ein Pfauenauge (ihr Lieblingsschmetterling) und einen Weberknecht benutzt. Ich tat das Tier in ein Glas, mit Zweigen und Blättern und einem Schildchen: »Spinnerling, für Lieke.« Das Glas habe ich in der Schule in ihr Fach gestellt. Zu ihrem Geburtstag.

Lieke hat losgeschrien, als sie es gesehen hat.

Es hat auch nicht funktioniert. Der Spinnerling hat sich zwar erholt, hat aber seine eigenen Flügel angegriffen. Das war sowieso ein blöder Plan. Man darf so etwas nicht ankleben, man muss es mit einer Nadel und Draht befestigen. Und das ist zu schwierig.

Lieke hat ihren Tisch neben jemand anderen geschoben. Und alle in der Schule nennen mich jetzt Spinnerling.

Jeppe konnte darüber lachen. Für ihn heiße ich jetzt Spinnerling. Meinen richtigen Namen hat er wohl schon vergessen.

* Eine Kreuzung ist, wenn man zwei Arten mischt.

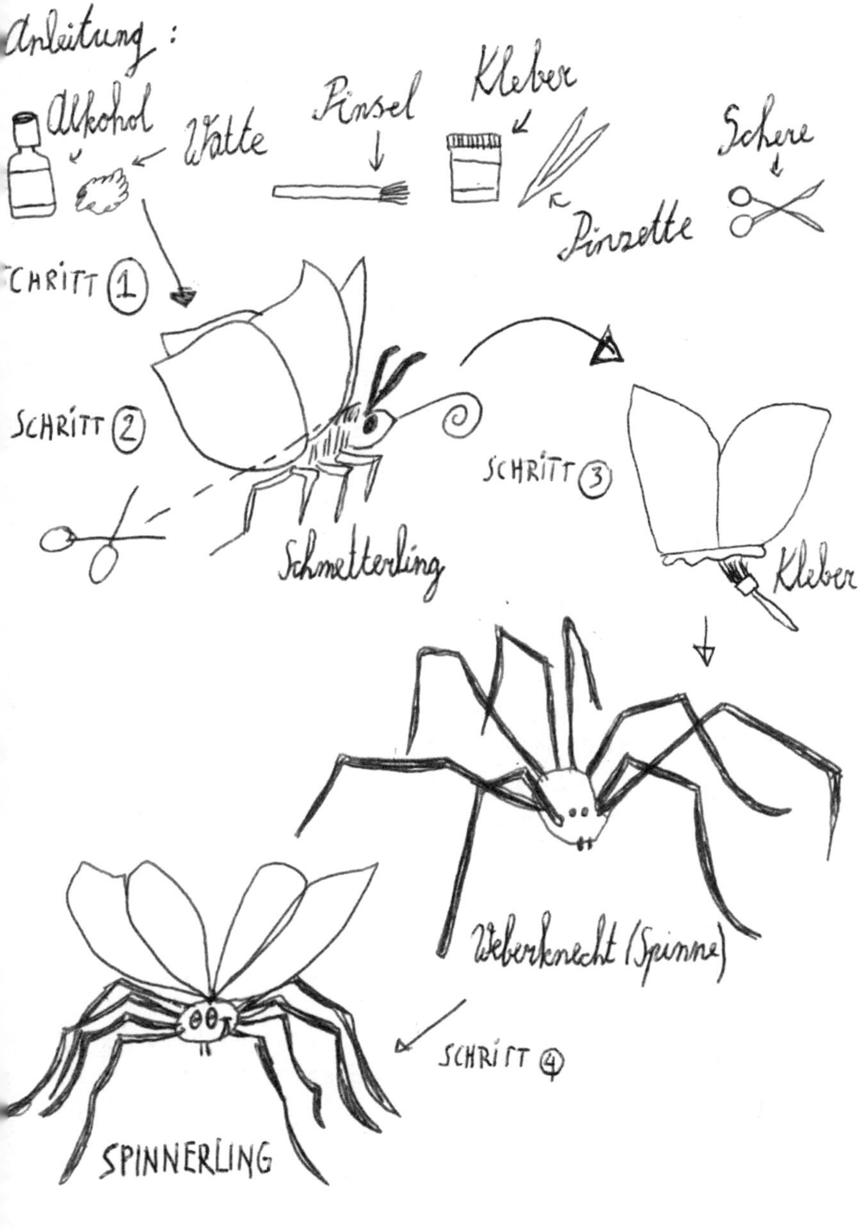
Anleitung:
Alkohol
Watte
Pinsel
Kleber
Schere
Pinzette
SCHRITT 1
SCHRITT 2
Schmetterling
SCHRITT 3
Kleber
Weberknecht (Spinne)
SCHRITT 4
SPINNERLING

Sonntag
22. Mai – Noch zehn Tage bis zum Schlagzeugtag

Wenn es nach Jeppe geht, verwandelt sich dieser Keller in einen Lärmkeller. Ich sehe es schon vor mir: ein riesiges Schlagzeug, überall Verstärker, Kabel und Gitarren und den ganzen Tag Krach.

Heute Morgen bin ich zu ihm gegangen. Er stand im Garten, den Gitarrenkoffer auf dem Rücken. Er holte gerade sein Fahrrad unter dem Vordach hervor.

»Jeppe? Es geht nicht.«

Ich sagte, er habe es sich zwar supergut ausgedacht, aber er könne keinen Schlagzeugkeller daraus machen. Dann würde ihn jeder hören. Dann könnten wir den Keller nicht mehr geheim halten.

Er zuckte mit den Schultern.

»Kapierst du es nicht«, flüsterte ich. »Und was ist mit dem Drachen?«

»Maul halten«, zischte er. Er schaute sich um. »Da mal ich einfach drüber«, murmelte er.

Ich sah ihm an, dass er log.

Der Drache ist heilig. Dagegen kommt er nicht an.

»Das tust du nicht«, sagte ich.

Er gab mir einen Stoß und schwang sich auf den Sattel. »Stell dich nicht so an. Dann hänge ich eben einfach ein Poster darüber oder so. Ich denk mir was aus.« Er spuckte auf den Boden. »Und außerdem geht's dich nichts mehr an. Der Keller wird *mein* Keller.« Er hob den Lenker an und fuhr auf dem Hinterrad aus dem Garten. (Der Angeber ...)

Ich habe weiter an meinem Bunkerplan gearbeitet. Nacktschnecken gesucht. Das Treppengeländer ist schon gut voll mit Schleim.

Von den Schwebfliegen ist noch nichts zu sehen. Das kann noch eine Weile dauern, bis sie schlüpfen.

Mam arbeitet in ihrem Zimmer an einem Bericht und Jeppe ist zum Bauernhof verschwunden, um zu proben, ich kann also den ganzen Tag tun, was ich will. Im Schuppen und im Garten habe ich schon Drähte gespannt, für das Alarmsystem, ich muss nur noch eine Glocke auftreiben.

Ich habe auch ein Abhörrohr gebaut. Eines von den rostigen Rohren hier im Keller kommt oben unter Jeppes Bett heraus. Sein Zimmer liegt direkt über dem Keller. Als wir den Keller gerade entdeckt hatten, wollte Ward uns eine Möglichkeit schaffen zu morsen. Das war der Plan. Ward hat das Rohr oben abgesägt, aber weiter ist er nicht gekommen. Ich habe es nun hier im Keller abgesägt, direkt in Ohrhöhe.

Ich war gerade dabei, die Grillen zu füttern, da fing plötzlich der ganze Keller zu zittern an! Ich stieg auf einen Stuhl, um durch das Gitter hinauszuspähen.

Auf der anderen Straßenseite parkte ein Umzugswagen. Wir bekamen also neue Nachbarn. Aus dem Lastwagen stiegen ein langer, dünner Mann, eine Frau mit dunklen Locken und ein Junge. Der Junge ist so groß wie ich. Er hat einen ganzen Urwald voller Locken auf dem Kopf, sie hüpfen mit, wenn er rennt. Ich sah sofort, dass er ein Doofi war, wie er sich mit halb offenem Mund umschaute. Kurz darauf sprang seine Schwester aus dem Lastwagen. Ich denke zumindest, dass sie seine Schwester ist, sie ist einen Kopf größer und hat ebenfalls Locken.

Sie fingen an, rumzublödeln. Er sprang ihr auf den Rücken, sie trug ihn zur Haustür und warf ihn dort ab. Sie kugelten sich. Kindisches Getue. Jeppe und ich machen solche blöden Spielchen schon seit Jahren nicht mehr.

Montagmorgen
23. Mai – Noch 9 Tage bis zum Schlagzeugtag

Heute Morgen wurde ich um sechs Uhr achtundzwanzig durch einen Schrei, Krach und Fluchen geweckt. Es kam von draußen. Ich rannte hinunter in den Garten. Mam war über einen der Alarmnetzdrähte gestolpert, die ich quer über den Gartenpfad gespannt hatte.

Ich versuchte, ihr zu erklären, dass es für ein Experiment sei, aber sie hörte mir nicht zu. Sie würde zu spät zur Arbeit kommen. Und was sollte ihr Chef von dem Loch in ihrer Strumpfhose halten. Ich dachte noch, sie könnte es ja mit einem Spinnennetz reparieren, aber das sagte ich nicht. Ich sagte, es tut mir leid. Und dass ich einkaufen würde, um es wiedergutzumachen. Diese Idee fand sie gut, dann könnte ich ihr auch gleich eine neue Strumpfhose kaufen. Sie fuhr mir schnell durch die Haare, schwang sich auf ihr Rad und weg war sie.

Es war seltsam, unsere Mutter auf dem Fahrrad zu sehen, so wach und so eilig. Es war sowieso seltsam, unsere Mutter morgens zu sehen.

Unsere Mutter ist meistens unsichtbar. Wir sehen sie fast nie. Morgens fährt sie in aller Frühe zur Arbeit. Manchmal höre ich sie rumhantieren, aber immer, wenn ich nachschaue, ist sie schon weg.

Manchmal suche ich in der Küche nach Spuren von ihr. Sie muss doch etwas gegessen haben. Aber ich finde nie was. Keinen Krümel.

Auch in ihrem Schlafzimmer finde ich keine Beweise. Ihr Bett ist so straff gemacht wie ein Hotelbett. Manchmal frage ich mich, ob sie in diesem Haus überhaupt schläft.

Ich habe sie einmal nachts getroffen, als ich pinkeln musste. Aber sogar da zweifelte ich erst, ob ich richtig gesehen habe. Ihr graues Nachthemd hatte im dämmrigen Flur eine Schutzfarbe.

Ein einziges Mal habe ich ein Haar auf ihrem Kissen liegen sehen. Sieh an, dachte ich, sie schläft also doch hier.

Ich kann ja auch immer den Kühlschrank aufmachen. Da finde ich Spuren von ihr. Sie bereitet das Essen in Plastikschüsselchen vor. Jeppe und ich brauchen es dann nur warm zu machen.

Abends kommt sie erst spät nach Hause. Auch dann merkt man kaum, dass sie da ist. Sie ist plötzlich im Zimmer. »He, mein Junge«, flüstert sie dann. Oder sie steht schon wer weiß wie lange da und schaut mich an.

Manchmal kommt sie früher nach Hause, dann essen wir zu dritt. Aber sogar dann … Ich schaue zu ihrem Stuhl. Ich sehe, dass jemand darauf sitzt. Sie lächelt. Sie ist da. Und trotzdem vermisse ich sie.

Ich stand da im Garten und starrte die Stelle an, an der meine Mutter gerade noch gestanden hatte. Es war neblig, mit Tautropfen auf dem Gras. Ich sah ihre Radspuren auf dem Weg. Sie hatte ein paar meiner Alarmdrähte kaputt gefahren.

Weil ich sowieso wach war, habe ich noch ein paar Nacktschnecken gesammelt. Außer den normalen roten und schwarzen fand ich auch ein paar schöne Pantherschnecken.

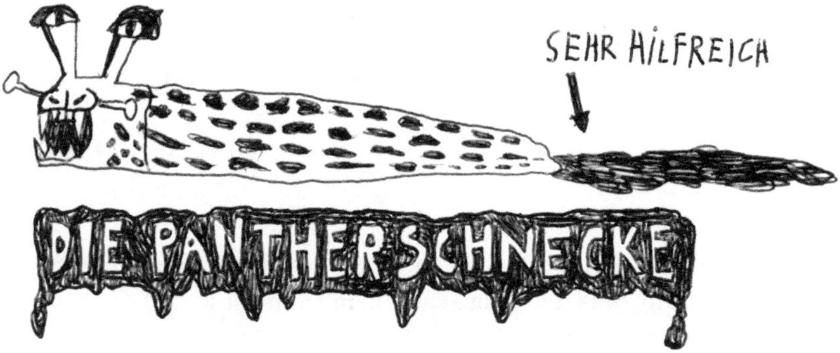

Montagnachmittag
23. Mai

Ich bin sofort aus der Schule hierher gerast, um meinen Keller abzusichern. Die Drähte vor der Schuppentür habe ich repariert, die auf dem Gartenweg habe ich einfach weggeräumt.

Die Puppen der Schwebfliegen sind noch nicht geschlüpft. Vielleicht ist es hier unten ein bisschen zu kalt. Ich habe eine Lampe aufgestellt und eine Decke um den Behälter gelegt.

Ich habe den neuen Jungen, den Doofi mit den Locken, gerade wieder gesehen. Er saß gegenüber auf der Treppe und hat sich seine Inlineskates angezogen. Er hat lange dafür gebraucht. Durch die Spalten im Gitter konnte ich ihn genau sehen. Es passierte etwas Interessantes.

Er stand gerade auf (wackeldiwackel), als ein Fahrrad mit rutschenden Rädern vor ihm hielt. Jeppe. Der Lockenkopf schaute hinunter auf das Rad, das fast zwischen seinen Beinen angehalten hatte, und dann hinauf zu Jeppe.

»Darf man hier A: auf der Straße skaten oder B: auf dem Bürgersteig?«, fragte Jeppe.

»Äh ... auf dem Bürgersteig. Meine Mutter möchte lieber nicht ...«

»Falsch.« Jeppe tutete wie bei einem Fernsehquiz: »Dadadadaaa.«

»Auf der Straße? Aber ...«

»Dadadadaaa. Wieder falsch. Hier darf man überhaupt nicht skaten. Nirgends. Ich mag Skater nämlich nicht.«

Der Lockenkopf hielt den Mund. Einen Moment. Dann begann er zu grinsen.

»Hach. Ein guter Witz.«

Er lachte. Das Lachen schallte über die Straße bis in den Keller. Ich bekam Lust, mitzulachen.

Der Lockenkopf hob die Hand. »Wir sind gestern hier eingezogen. Ich heiße Bor.«

Nun lachte Jeppe. Er schaute die Hand an, bevor er sie ergriff. Er schüttelte sie so fest, dass Bor sich am Lenkrad festhalten musste, um nicht hinzufallen.

Jeppe begann mit einer »Spezialbegrüßung für neue Nachbarn«. Er nannte es ein Ritual.

»Oh, schön«, plapperte Bor. Er war also wirklich genauso dumm, wie er aussah.

»Neulinge werden bei uns getauft. Dort.« Jeppe deutete auf den stinkenden Wassergraben am Ende unserer Straße. Der Junge schaute sich um.

Jeppe ließ sein Fahrrad fallen und stand in einer Sekunde hinter dem Jungen. Er packte ihn an der Schulter. »Also los.«

Er schubste den Jungen. Der schwankte und fuchtelte mit den Armen herum, um sein Gleichgewicht zu halten.

»So. Und jetzt musst du dazu singen. Einen Psalm.«

»Aber ich kenne keinen Psalm.«

»Dann denk dir einen aus.«

In diesem Moment kam Bors Schwester angefahren, auch auf Skates. Sie hat eigentlich die gleichen Locken wie ihr Bruder (nur eben länger), aber ihr stehen sie sehr gut. Ihretwegen machte ich eine wichtige Entdeckung, was Jeppe angeht.

»Bor?«, sagte sie.

Jeppe hatte ihn schon wieder losgelassen.

»Ich habe einen Jungen getroffen«, stotterte Bor. »Das ist ....«

»Jeppe«, murmelte Jeppe. Er hob sein Fahrrad auf. »Hi. Ich wohne hier gegenüber.« Er fummelte an seinen Handgriffen und zog den Kopf zwischen die Schultern.

Das Mädchen starrte ihn an. Niemand sagte etwas. Jeppe hob das Lenkrad mit einem Ruck hoch, sodass sein Rad sich in der Luft drehte. Rrrr. Ich glaube, er wollte Eindruck machen, wie eine fauchende Katze. Aber Bor und seine Schwester achteten nicht auf das Rad.

»Und das Taufen?«, fragte Bor. »Muss sie nicht auch getauft werden? Meine Schwester ist doch ebenfalls neu.«

»He?«, murmelte Jeppe. Er ließ sein Rad mit einem Knall wieder auf den Boden fallen.

»Taufen?«, fragte die Schwester. »Ist er eine Art Jehova oder so?«

Jeppe prustete und verschluckte sich. »Nein, echt nicht.« Er fuhr sich durch die Haare vor den Augen. »Es war nur ein Witz. Du hast es doch nicht wirklich geglaubt, Bor?«

Bor lächelte verkniffen.

Jeppe brummte noch eine Art Tschüs, holperte mit seinem Rad über den Randstein und fuhr davon.

Das brachte mich zum Nachdenken. Es war, als würde das Mädchen dafür sorgen, dass Jeppe plötzlich seine Stacheln einzog. Dass seine Pfoten erschlafften. Dass seine Schale abfiel und er wie ein nackter Einsiedlerkrebs davonkrabbelte.

Wenn Jeppe sich so leicht von einem Mädchen verwirren ließ, war das die beste Art, den Keller zu verteidigen.

Ich musste dafür sorgen, dass ein Mädchen hierherkam.

Ich musste dafür sorgen, dass am Mittwoch ein Mädchen dabei war.

Ich musste dafür sorgen, dass ich ein Mädchen an der Seite hatte, sodass er es nicht mehr wagte, die Hand auszustrecken.

Ein Mädchen. Ich wusste schon genau, welches Mädchen das sein musste.

Dienstag
24. Mai – Noch 8 Tage bis zum Schlagzeugtag

Wenn ich ein neues Insekt gefunden habe, von dem ich noch nicht weiß, was es ist und was es mag, studiere ich es erst einmal ganz genau. Mag es lieber Dunkelheit oder Licht? Nässe oder Trockenheit? Isst es lieber Blätter, Gras, Äpfel, Bananen oder Fliegen? Ich mache eine Liste, was es alles tut und was mir auffällt.

Genau auf diese Art habe ich heute Lieke studiert. Das ist es, was ich aufgeschrieben habe:

8:26 L. kommt in die Schule, stellt ihr Fahrrad in den Ständer. Hängt ihre Jacke an die Garderobe. Die Jacke ist grellrosa mit einer Kapuze.

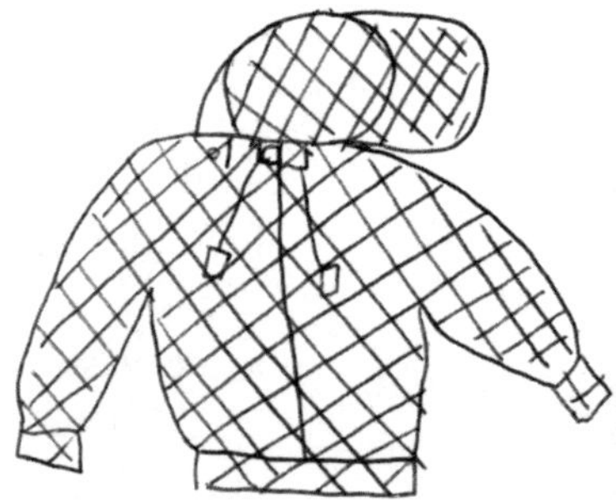

8:30 (Gesprächskreis) L. sitzt zwischen zwei anderen ♀(=Mädchen). Alle drei spielen sie mit ihren Armbändern. L.s Armband hat rote und rosafarbene Perlen.

8:45 Rechnen. L. beugt sich über ihr Heft. Ich kann nicht genau sehen, was sie macht. Ihre langen Haare hängen davor.

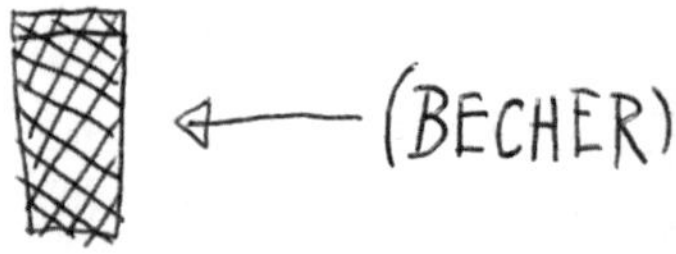

10:10 (kleine Pause) L. isst einen Apfel. Trinkt Milch aus einem rosa Becher. (Ein bisschen Milch bleibt an ihrer Oberlippe hängen.)

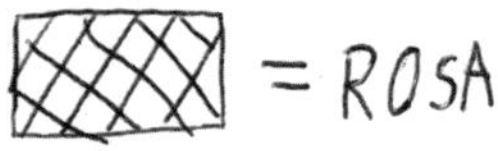

10:15 Nach draußen. L. steht meistens in der Sonne. Spielt mit zwei Freundinnen Gummitwist. L. muss oft lachen.
Als eine Freundin ihr etwas ins Ohr flüstern will, wird L. böse und wischt sich über die Wange. Die Freundin versprüht offenbar ein bisschen Spucke. L. gibt dem Mädchen einen Schubs. Also: L. mag keine Nässe.
Die Mädchen deuten plötzlich auf mich. Sehen mich schreiben. Sie tuscheln. Eine kommt auf mich zu. Muss aufhören.

Beinahe wäre es schiefgegangen. Das Mädchen, das auf mich zukam – Amber heißt sie –, fragte, warum ich ihnen nachspioniere. Ich sagte, ich würde niemandem nachspionieren. Meiner Meinung nach ist spionieren immer heimlich, dann schaut man um eine Ecke oder durch ein Loch im Zaun. Das sagte ich auch zu ihr.

»Quatsch«, schnauzte sie, »was du tust, ist auch nachspionieren. Und was hast du da hinter dem Rücken?«

Ich log, ich würde zeichnen. Dass ich sie abgezeichnet hätte.

»Warum das denn?«

Ich murmelte, ich fände sie so schön mit ihrem Gummiband. Sie prustete los und rannte zu ihren Freundinnen zurück. »Wisst ihr, was er gesagt hat?«, hörte ich sie kichernd sagen.

Es war eine ansteckende Art Kichern, denn Lieke und Anouk fingen auch gleich an zu kichern. Und zu tuscheln.

Als sie mit dem Gummitwist weitermachten, hatte sich etwas verändert. Sie fassten sich oft an die Haare. Warfen die Haare immer wieder über die andere Schulter. Kicherten. Und sie sahen dauernd zu mir herüber. Das machte mich ganz kribbelig.

Ich habe die Liste dann aufgegeben. Es nützte nichts mehr. Bei Insekten ist es genauso: Wenn sie erst wissen, dass du sie studierst (wenn du zum Beispiel ein Stück Apfel näher zu ihnen schiebst), werden sie wild und laufen schnell im Kreis. Von ihrem natürlichen Verhalten ist nichts mehr zu sehen.

Aber als ich die Liste jetzt wieder betrachte und anstreiche, was mir auffällt, mache ich eine wichtige Entdeckung.

Ich habe es eigentlich natürlich gewusst, aber jetzt, mit meiner Liste, habe ich einen wissenschaftlichen Beweis: Lieke liebt Rosa. (Es kommt auf meiner Liste mindestens dreimal vor.)

Wenn ich ihr Lieblingstier hinzufüge, komme ich zu:

Rosa + Schmetterlinge = rosa Schmetterlinge

Rosa Schmetterlinge hätten für sie eine unwiderstehliche Anziehungskraft. Wenn ich welche hätte, würde sie sicher kommen und sie sehen wollen. Dann ist ein Mädchen in meinem Labor und Jeppe traut sich nichts mehr. Schlaffe Pfoten. Stachel weg.

Ich habe in Büchern und im Internet gesucht, aber es gibt keine rosafarbenen Schmetterlinge. Ich werde sie züchten müssen. Das ist mein Plan:

1. Raupen von weißen Schmetterlingen fangen: Kohlweißlingsraupen also.
2. Weißkohl kaufen (den essen sie nämlich).
3. Den Weißkohl rosa färben.
4. Die Raupen mit dem rosafarbenen Kohl füttern.
5. Warten, bis sie Kokons machen und ausschlüpfen. Inzwischen Lieke einladen, um am Mittwoch rosafarbene Schmetterlinge zu betrachten ...

Mittwochabend
25. Mai – Noch 7 Tage bis zum Schlagzeugtag

Bor, der Neue, der Lockenkopf, ist in meiner Klasse. Auch aus der Nähe ist er seltsam. Ich habe nicht gesagt, dass wir Nachbarn sind. Das kann ich nämlich nicht wissen. Ich kann ihm schlecht erzählen, dass ich ihn von meinem geheimen Keller aus beobachtet habe. Ich brauche auch keinen neuen Nachbarjungen.

Doch beim Gesprächskreis kam ich doch nicht umhin. Bor erzählte, er sei in die W▬▬straße* gezogen.

»Aber da wohnst du doch auch, Hidde«, rief die Lehrerin. »Habt ihr euch dort noch nicht gesehen?«

Ich schüttelte den Kopf und fummelte an meinem T-Shirt. Aus dem Augenwinkel sah ich, dass er mich angrinste. Es war ein dummes Grinsen. Ich bekam Lust, ihn an den Locken zu ziehen.

Er ist auch vorlaut. In Naturkunde redete die Lehrerin über Fortpflanzung und zeigte uns einen Film von zwei Haubentauchern, die über dem Wasser eine Art Tanz vollführten. Sie erzählte, im Tierreich würden alle Männchen und Weibchen sich mit Tönen und Bewegungen anlocken.

»Quaken!«, rief Bor, ohne sich zu melden. »Frösche quaken, um Weibchen anzulocken!« (Ja, logisch …)

»Sehr gut, Bor«, sagte die Lehrerin. »Quaken. Wer weiß noch andere Arten?«

»Mit Discolampen«, sagte ich.

* Tja. Mein Keller muss geheim bleiben, meine Straße also auch.

Die ganze Klasse musste lachen. Mein Mund verzog sich von selbst zu einem Grinsen. (Lieke lachte auch, ich hab's gesehen.)

Die Lehrerin schaute mich streng an. »Mit Discolampen. Ja, ja.«

Und dann erzählte ich von den Glühwürmchen. Dass weibliche Glühwürmchen am Hinterleib Lichtsignale machen, wenn sie sich allein fühlen. Das bedeutet so viel wie: »Hier bin ich, komm doch.« Männliche Glühwürmchen, die das sehen, flitzen dann hin und her: »Ich komm schon. Ich komm schon.«

Die Klasse kicherte, aber alle fanden es super. Die Lehrerin glaubte mir nur halb und sagte, das wolle sie erst nachschlagen. Ich sagte, dass ich es sicher wisse: Ich hatte es zu Hause ausprobiert. Sie runzelte die Stirn und es fiel ihr nichts mehr ein. Schnell setzte sie den Unterricht fort.

(Sie weiß wirklich wenig davon. Dass »alle Männchen und Weibchen einander anlocken«, wie sie sagt, stimmt auch nicht. Meine Stabheuschrecken können Eier legen, ohne sich zu paaren. Superbequem. Ihnen macht es also nichts aus, wenn sich keiner in sie verliebt.)

In der kleinen Pause tauchte Bor plötzlich neben mir auf. Wie ein Floh. Du siehst ihn nicht springen und plötzlich sitzt er auf deinem Arm.

»Welche Hausnummer habt ihr?«

»Och …«, murmelte ich.

Er zog die Augenbrauen hoch und wartete. Das machte mich nervös.

»Ein ganzes Stück von euch entfernt«, erfand ich schnell.

»Woher weißt du, wo wir wohnen?«, rief er. »Das habe ich doch gar nicht erzählt.«

Ich fühlte, wie meine Wangen anfingen zu glühen. Alarmfarbe, dachte ich noch. Lass dir was einfallen. Lass dir was einfallen.

Ich sagte, ich hätte den Umzugswagen gesehen, von meinem Fenster aus. Aber wo ich genau wohnte, wollte er wissen. Am anderen Ende, log ich. Weit weg von seinem Haus.

Wieder zog er die Augenbrauen hoch. Als ob er etwas von seiner Stirn wegjagen wollte. Der Junge machte mich ganz verrückt.

»Wenn du in derselben Straße wohnst«, sagte er, »kennst du bestimmt den Mistkerl mit dem Fahrrad und den dummen Witzen: Joppe.«

»Jeppe«, sagte ich. »Und er ist kein Mistkerl, er ist mein Bruder.«

Ich verstehe nicht, warum ich das gesagt habe. Jeppe ist sehr wohl ein Mistkerl.

»Pech für dich«, schnauzte Bor.

Mir fiel keine Antwort ein. Zum Glück drehte er sich um und stob davon.

Am Tor rief er noch über die Schulter: »Du bist genauso ein Flegel wie dein Bruder!«

»Ach ja?«, rief ich zurück. (Was ist ein Flegel? Es hört sich jedenfalls nicht gut an. Irgendwas zwischen Fliege und Egel …)

»Ja. Du lügst. Wenn das dein Bruder ist, wohnst du uns gegenüber.« Und weg war er.

Gerade habe ich Jeppe beim Essen nach dem neuen Jungen gefragt.

Wir aßen Eintopf. Ich von einem Teller, Jeppe aus der Mikrowellenschüssel. Er hatte die Wurst für sich behalten.

Es war still in der Küche. Man hörte nur Jeppes Schmatzen.

»Hast du den neuen Nachbarjungen schon gesehen?«, fragte ich.

Jeppe nickte. »Ein Idiot«, murrte er mit vollem Mund.

Da war ich ganz seiner Meinung.

»Ich hätte ihn fast so weit gehabt, dass er den Kopf in den Graben gesteckt hätte, aber es hat leider nicht geklappt.« Jeppe grinste.

»Was ist schiefgegangen?«, fragte ich.

»Das geht dich einen Scheißdreck an«, sagte er schmatzend.

Wieder wurde es still.

Ich versuchte es noch einmal.

»Weißt du«, fragte ich, »ob er allein da wohnt? Oder hat er noch eine Schwester oder so?«

Jeppe verschluckte sich an einem Bissen. Er prustete und musste einen großen Schluck Cola trinken, um wieder reden zu können.

»Wieso?«

»Einfach so, ich hab's mich gefragt.«

»Dann erkundige dich doch.« Er legte sich eine blöde Stimme zu: »Hallo, ich bin der Spinnerling, und ich frage mich, ob hier noch ein paar klasse Weiber wohnen?«

Es war mir egal. Sonnenanbeterinnen und Wespen greifen ebenfalls an, wenn sie sich bedroht fühlen.

Ich verlangte meine Hälfte von der Wurst, aber er tat, als würde er nichts hören. Er schnitt das letzte Stück Wurst in Stücke und schob sie sich nacheinander in den Mund. Ich sagte nichts.

Dann rülpste er. »So. Jetzt was anderes, Spinnerling. Bist du unten schon am Einpacken?«

»Fast.«

»Was heißt das, fast? A: Ich bin schon am Einpacken oder B: Ich bin *noch nicht* am Einpacken.«

Ich kaute und schluckte den Bissen hinunter. Eine Fliege landete auf dem Tisch, nicht weit von Jeppes Hand. Metallisch grüne Augen: Das musste eine Goldaugenbremse sein. Die können ordentlich stechen. Ich sagte nichts. Ich hoffte, Jeppe hätte sie nicht gesehen.

»Nun?«

Ich schaute ihn direkt an. »B. Noch nicht.« Ich versuchte, seinen Blick festzuhalten. Hoffentlich würde die Bremse inzwischen zuschlagen. Ihr Stich macht eine dicke Beule und juckt tagelang.

»Dann würde ich es an deiner Stelle schnell tun.« Blitzschnell, ohne meinen Blick loszulassen, schlug er mit der flachen Hand auf die Bremse. Ich erschrak. Ich konnte nichts dafür, ich erschrak wirklich und schnappte nach Luft.

Jeppe hob die Hand hoch. Der halbe Hinterleib der Bremse war platt, aber sie lebte noch. Ihre Flügel zitterten, mit den Vorderbeinen quälte sie sich über die Tischplatte, aber sie kam nicht weiter. Sie war an den Tisch geklebt.

Jeppe packte die Bremse mit zwei Fingern. Betrachtete sie ruhig. Stich doch, dachte ich. Stich, wenn du noch kannst.

Jeppe zog ihr ein Beinchen aus. »Wann wirst du einpacken?«

Ich hörte ihre Flügel zittern.

»Diese Woche«, sagte ich.

Noch ein Beinchen.

»Morgen, denke ich«, sagte ich schnell.

»A: denke ich, oder B: weiß ich …?«

Noch ein Beinchen. Und ein Flügel.

»Jeppe …«

»Also morgen?«

Ich presste die Zähne zusammen.

Er zerquetschte die Bremse zwischen den Fingern. Er betrachtete die kleine Leiche auf seinem Daumen und schnipste sie mit dem Zeigefinger weg. In meinen Eintopf.

Die Bremse lag rücklings auf einem Bett aus Möhren. Ihr Bein krümmte sich.

Dann nichts mehr.

Ich bin ohne ein Wort aufgestanden und in den Keller gegangen.

Vielleicht sollte ich aufgeben. Einpacken und vorbei. Den Keller Jeppe überlasssen. Meine Tiere wegbringen. Aber dann? Was habe ich dann noch? Was soll ich ohne meine Tiere anfangen?

Auf dem Tisch neben mir steht der Glasbehälter mit den Schwebfliegenpuppen. Sie haben eine durchsichtige Haut bekommen. Die spannt. Innen sieht man schon gelbe und schwarze Streifen. Sehr bald habe ich ein hübsches Heer von Pseudowespen. Die werden Jeppe wohl auf Abstand halten.

Die Raupen, die von dem rosafarbenen Kohl gegessen haben, sind alle tot.

Plan misslungen.

Vielleicht haben sie die Farbe nicht vertragen.

Donnerstagmorgen
26. Mai – Noch 6 Tage

Es ist noch sehr früh. Die Sonne ist gerade aufgegangen. Ich kann nicht mehr schlafen. Ich hatte einen seltsamen Traum.

Der Keller lief voller Wasser. Es strömte die Mauern entlang und klatschte durch das Luftgitter herein. Es stand mir schon bis zu den Knien. Ich platschte durch das Wasser von einem Terrarium zum anderen. Der Raupenbehälter war voller lilafarbener Schmetterlinge. Ich nahm das Glas und wollte es hinaufbringen, doch oben an der Treppe stand Jeppe. Er warf Kartons herunter. »Bist du schon am Einpacken?«, fragte er immer wieder. Ich watete durch das Wasser, das Glas im Arm, und wusste nicht, was ich tun sollte.

Ich hörte Stimmen aus dem Behälter der Totengräber. Sie sagten: »Komm zu uns. Komm her. Bei uns bist du sicher.«

Und dann war ihr Behälter auf einmal ein Gummiboot, genau wie das, mit dem Jeppe und ich früher zum Kanal gegangen sind. Ich schaute mich um und alle Insekten hatten ein Boot. Überall im Keller schwammen Boote. Die Totengräber saßen ganz ruhig nebeneinander auf dem Bootsboden. Sie zirpten ein Lied. Ich ging zu ihnen.

Inzwischen stieg das Wasser höher und höher. Die Decke kam immer näher, ich musste mich schon bücken. Schließlich musste ich mich sogar auf den Boden legen, mit angezogenen Knien. Ich tat das sehr vorsichtig, um die Totengräber nicht zu zerquetschen. Das Boot wurde gegen die Decke gedrückt, sodass es nicht mehr schwanken konnte. Bis auf einen kleinen Streifen

Licht konnte ich nichts mehr sehen. Ich hatte Angst, ersticken zu müssen, aber das Zirpen der Totengräber beruhigte mich.

»Spielst du Verstecken?«, hörte ich Jeppe rufen. »Du spielst doch nicht Verstecken, oder?«

Da wachte ich auf. Ich schlug die Decke zurück und schnappte nach Luft.

Fünf Uhr zwölf zeigte der Wecker. Da war sogar Mam noch nicht wach.

Kurz darauf stand ich vor ihrer Schlafzimmertür. Ich stieß sie leise auf. Im Dämmerlicht sah ich die Beule unter ihrer Decke.

Ich blieb einen Moment stehen, aber ich habe sie nicht aufgeweckt. Ich fand mich plötzlich so kindisch.

Jetzt geht es schon wieder.

Als ich in den Keller kam, hörte ich ein leises Ticken. Erst dachte ich, das Dach wäre undicht, aber das Ticken kam aus dem Behälter mit den Schwebfliegenpuppen. Drinnen wimmelte es von Schwebfliegen! Sie sind fast alle geschlüpft. Ich habe den Behälter die Treppe hinaufgetragen und sie im Schuppen freigelassen. Überglücklich schossen sie in alle Richtungen davon.

Sie fliegen einem um die Ohren. Wenn man es nicht besser weiß, sind sie schon unheimlich.

Ich habe übrigens eine gute Idee wegen der rosafarbenen Schmetterlinge. Ich füttere sie mit einer Mischung aus Rotkohl und Weißkohl. Rot + Weiß = Rosa. Dass ich nicht früher daran gedacht habe!

Ich suche mir sofort neue Raupen. Erst im Garten, vielleicht sind da ja auch welche.

Erwischt.

Ich kroch mit einem Marmeladenglas in der Hand durch den Garten auf der Suche nach Raupen. Der Himmel war schön rosa und man hörte immer mehr Vögel aufwachen. Ich achtete nicht darauf. Ich kniete am Zaun und spähte zu den Unterseiten der Blätter. Gerade entdeckte ich eine schöne dicke Raupe, als ich Mams Stimme hinter mir hörte: »Was tust du da?«

Ich hatte sie nicht gehört. Hatte sie gesehen, wie ich aus dem Schuppen kam? Ich sagte, ich würde Raupen suchen.

»So früh?«

Ich zuckte mit den Schultern. »Ich konnte nicht mehr schlafen.«

Sie nickte und sagte leise: »Die Nacht ist so still. Aber wir hören sie schreien … Wir hören sie schreien.« Ihre Augen starrten ins Nichts.

Ich kapierte nicht, was sie sagte.

»Mam?«

Sie schreckte auf. »Was tust du übrigens immer im Schuppen?«, fragte sie.

Sie hatte mich also gesehen. Sie hatte mich öfter aus dem Schuppen kommen sehen.

»Ich musste noch was machen, für die Schule«, gab ich vor.

»Oh«, sagte sie und fragte nicht weiter. Sie verschwand in der Küche. Wenn ich den Keller geheim halten will, muss ich besser aufpassen.

Ich suchte schnell ein paar Raupen, um danach mit Mam frühstücken zu können, aber als ich in die Küche trat, war sie schon verschwunden. Spurlos.

Donnerstagnachmittag
26. Mai – Noch 6 Tage

Bin gerade von der Schule zurück. Die Raupen, die ich heute Morgen gefunden habe, haben gut gegessen, vom Rotkohl und vom Weißkohl. Mein Plan wird klappen.

Die Ohrwürmer sind unruhig. Sie schleppen Eier von der einen Seite zur anderen und wieder zurück. Die Blattheuschrecken auch: Sie laufen kreuz und quer über die Zweige und wackeln mit dem Hinterteil. Gerade haben sogar ein paar angefangen zu kämpfen. Das tun sie sonst nie.

Ich muss Lieke bald fragen, ob sie sehen will, wie die rosafarbenen Schmetterlinge schlüpfen. Wie macht man so was? Ich spreche eigentlich nicht so oft mit ihr.

Plan: Wie lade ich L. ein?

A. Schreib ~~einen Brief~~ eine Einladung. Mach es speziell. Nur für sie. Ein besonderes Ereignis. Nur Mittwoch: Rosafarbene Schmetterlinge. So etwa. Oder:

B. Ruf sie an. Sag: Hi, Lieke. Ich bin es, Hidde, ~~aus deiner Klasse, du weißt doch~~. Ich habe mir gedacht: Du magst doch Rosa? Und erst recht rosa Schmetterlinge? Dann habe ich etwas ~~außerordentlich unwiderstehl~~ ganz Cooles: Rosafarbene Schmetterlinge. Oder:

C. Einfach fragen. In der Pause. Geh auf sie zu, erzähl ihr, dass du rosafarbene Schmetterlinge gezüchtet hast. Dass sie die vermutlich interessant findet. Dass sie gerne kommen und zuschauen kann.

Wenn ich mir den Plan anschaue, scheint mir A die beste Möglichkeit zu sein.

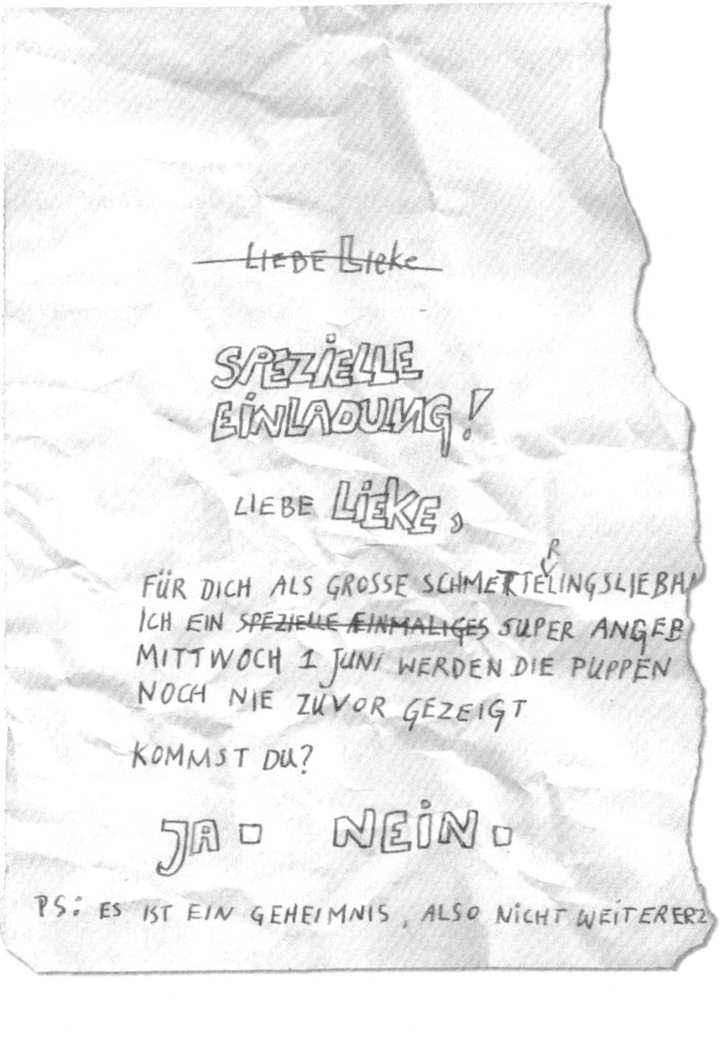
~~LIEBE Lieke~~

SPEZIELLE EINLADUNG!

LIEBE LIEKE,

FÜR DICH ALS GROSSE SCHMETTERLINGSLIEBHA
ICH EIN ~~SPEZIELLE EINMALIGES~~ SUPER ANGEB
MITTWOCH 1 JUNI WERDEN DIE PUPPEN
NOCH NIE ZUVOR GEZEIGT

KOMMST DU?

JA ▫ NEIN ▫

PS: ES IST EIN GEHEIMNIS, ALSO NICHT WEITERERZ

Das wird nichts. Das klappt nie. Viel zu steif, so ein Brief.

Also Plan B. Das werde ich gleich tun. Dann habe ich es hinter mir.

Ich hatte mich vorbereitet. Ich hatte mir den Satz ein paarmal laut vorgesagt, ich saß da, mit dem Heft auf dem Schoß. Ich räusperte mich, und dann rief ich an.

Ich hatte Lieke sofort am Apparat, aber als ich ihre Stimme hörte, wusste ich gar nichts mehr. Das Heft fiel mir aus der Hand.

»Hallo …?«, sagte sie. »Hallo …?«

Meine Stimme funktionierte nicht mehr. Ich wollte auflegen, aber dann würde sie bestimmt denken, es wäre irgendein Fiesling, der angerufen hat, oder ein Einbrecher, der checken wollte, ob jemand zu Hause ist, und ich wollte ihr natürlich keine Angst machen. Ich musste etwas sagen. Irgendetwas.

»Möchten Sie vielleicht Rollos kaufen?«, platzte ich heraus. Ich versuchte, möglichst tief zu sprechen.

»Wir haben schon Rollos«, antwortete Lieke.

»Oh. Schade. Guten Abend«, brummte ich.

Pffff.

Ja, ich weiß es, nur C bleibt noch übrig. »Geh auf sie zu.« Das steht so einfach da, aber ich kriege schon Bauchweh, wenn ich daran denke. Vielleicht fragst du dich jetzt, warum stellt er sich so an, warum tut er es nicht?

Aber du wirst auch nicht von der halben Schule komisch angeschaut. Dir rufen sie nicht »Spinnerling« hinterher. Und bei dir fangen sie nicht an, »Spinnerlingelingsspinner« zu singen, wenn du vorbeikommst. Und du hast noch nie eine gellend schreiende Lieke gesehen.

Ich versuche, es mir vorzustellen, aber sogar in meinem Kopf misslingt es schon. Ich sehe mich immer stolpern oder stottern. Wie kann es dann in echt klappen? Wie fängt man an? Was muss man sagen?

Vielleicht kommt morgen ja ein guter Moment. Wenn ich erst mal vor ihr stehe, fällt mir vielleicht ein, was ich sagen soll. Heuschrecken fangen erst mit ihrem großartigen Zirpen an, wenn sie ein Weibchen sehen. Ich habe noch nie einen getroffen, der dann plötzlich keinen Ton herausgebracht hat.

Freitag
27. Mai - Noch 5 Tage

Und dann war Pause.

Sie stand mit dem Rücken zum Zaun, ein Knie hochgezogen. Und sie war allein.

Ich sammelte Mut. Ich lief vor dem Fahrradabstellplatz hin und her. Los, mach schon, dachte ich. Ich ging quer über den Platz. Ich schaute auf meine Schuhe. Alle Anfangssätze schwirrten mir durch den Kopf, alle gleich blöd.

Ich schielte unter den Wimpern hindurch und erschrak. Amber und Anouk standen jetzt bei ihr.

Meine Saugnapffüße saugten sich noch fester an den Steinen fest.

Mädchen sind Herdentiere. Sie bleiben nie lange allein.

Ich dachte an meinen Keller. An den Plan, der auf dem Schreibtisch lag. C: einfach fragen. Ich dachte an meine Tiere. Wenn sie jetzt hier wären, wenn sie das sehen würden, würden sie am Glas hochklettern und mir zuzirpen: »Los, Hidde!«

Meine Schuhe schleppten mich Schritt für Schritt auf die Mädchen zu. Ich hob den Kopf.

»Willst du wieder eine Zeichnung von uns machen?«, fing Amber an. Sie lachte heiser und stieß Anouk an. Sofort schoben sie die Lippen vor, wühlten sich durch die Haare und nahmen eine übertriebene Haltung ein. Sie blinzelten. »Also los!«

Lieke grinste und stieß Amber gegen die Schulter.

Ich konnte nicht hinschauen. Ich wollte mir nichts daraus machen, aber ich musste wegschauen.

»Wir stehen hier, schau«, sagte Amber heiser.

»Ich komme nicht zum Zeichnen«, sagte ich viel zu leise.

»Was?«

»Ich komme nicht zum Zeichnen«, sagte ich ein bisschen lauter. Ich schaute sie an.

»Oh?«, sagte Amber. Sie und Anouk ließen die Arme sinken und stellten sich wieder normal hin.

»Was dann?«

Ich dachte an den Plan. Einfach fragen.

»Einfach so«, sagte ich.

Schweigen. Ich wusste, dass ich etwas sagen musste. Sechs Augen schauten mich an.

Nichts kam. Kein Wort. Wie konnte ich sagen, dass ich mit Lieke allein sprechen wollte. Dass ich sie allein etwas fragen wollte?

Ich blieb still. Anouk und Amber fingen an zu lachen. Lieke lächelte.

Und dann kam mein Retter. Bestimmt hatte er mich von den Sträuchern aus gesehen und eilte mir nun zu Hilfe. Ein Marienkäfer landete auf Liekes Schulter.

»Schau!« Ich deutete auf ihre Schulter. »Ein Siebenpunkt-Marienkäfer!«

Die Mädchen hörten auf zu lachen.

»Bist du deswegen hergekommen?«

»Eh … ja«, sagte ich erleichtert.

Lieke spähte zu ihrer Schulter. Sie schielte ein bisschen. Ihre blauen Augen sahen noch größer aus. Sie zog die Nase hoch.

Ich fragte, ob ich ihn wegnehmen soll. Lieke nickte. Ich streckte schon den Finger aus, aber Amber schnauzte: »Nein, ich will ihn!«, und nahm ihn von Liekes Schulter.

Amber ließ ihn auf ihrer Hand krabbeln. Er war ziemlich in Panik.

Anouk fragte, wie alt er wäre.

Amber zählte die Punkte und sagte: »Sieben.«

»Blödsinn«, rutschte es mir heraus. Und ich erzählte, dass sie nie älter werden als ein Jahr. Dass diese Art immer sieben Punkte hat.

»Oh, sorry, Spinnerling«, sagte Anouk mit einer Nörgelstimme.

»Ich will ihn streicheln«, sagte Amber und streckte ihre dicken Finger schon nach ihm aus.

»Geht das? Hält er das aus?«, fragte mich Lieke.

Ich fand es schön, dass sie es mich fragte. Ich erzählte, dass er das aushält, aber nur, wenn man es weich und vorsichtig macht, mit einer Feder zum Beispiel. Nicht mit dem Finger. Ich erklärte, dass er, wenn man zu fest drückt, sein eigenes Blut ausspuckt. Giftiges Blut. Zu seiner Verteidigung.

Lieke hörte zu. Sie hörte mir zu.

Amber und Anouk beugten sich über den Marienkäfer und passten nicht auf.

Jetzt, dachte ich, jetzt muss ich fragen.

»Du magst doch Schmetterlinge?«, fing ich an.

Sie nickte.

»Dann habe ich vielleicht was Schönes.«

Ich machte den Mund auf, um weiterzusprechen, doch da fing Anouk an zu kreischen.

»Verdammt, er scheißt!«

Amber fuchtelte mit den Händen. Der Marienkäfer flog davon. Er hatte überlebt. Jetzt blieb nur noch ich.

»Das ist keine Scheiße, das ist giftiges Blut«, sagte Lieke.

»So ein Quatsch«, sagte Amber.

»Hidde hat es selbst gesagt.«

»Wer?«

»Spinnerling«, sagte Anouk. »Er.«

Amber schaute mich ungläubig an. »Giftiges Blut. Ja, ja. Wer's glaubt, wird selig!«

Sie reckte das Kinn in die Luft und wischte sich die Hand an meiner Jacke ab.

»Komm, wir gehen.« Sie packte Anouk und Lieke an den Armen und lief weg.

Nach ein paar Schritten riss Lieke sich los und drehte sich um.

»Was denn Schönes?«, fragte sie. »Was hast du sagen wollen?«

Amber und Anouk schnaubten.

»Nichts«, sagte ich und drehte mich um.

Das war alles.

Weißt du, in so einem Moment … würde ich am liebsten im Boden versinken.

Ich sah Bor etwas weiter weg am Zaun stehen. Er starrte mich an und zog die Augenbrauen hoch. Ich machte mein mürrischstes Gesicht. Er hopste davon.

Den Rest des Tages habe ich Lieke nicht aus den Augen gelassen, aber sie war keinen Moment allein.

Ich muss sie morgen fragen. Oder nein, morgen ist Samstag. Dann geht es erst nach dem Wochenende. Vielleicht kann sie Mittwoch gar nicht. Die Zeit drängt.

Samstag
28. Mai – Noch 4 Tage

Wenn Mam in diesem lang gezogenen Ton ruft, »Hiddeeee! Jeppeeee!«, weiß man, dass man sofort kommen muss. Ich goss gerade den Rosenkäferbehälter und bekam einen Mordsschreck. Die Gießkanne rutschte mir aus der Hand: Tisch klatschnass. Sie war viel früher vom Einkaufen zurückgekommen, als ich erwartet hatte. »Hiddeeee! Jeppeeee!« Erst als ich hörte, wie sie die Treppe zu meinem Zimmer hochging, konnte ich unbemerkt aus meinem Keller schlüpfen.

Ich wartete im Wohnzimmer auf sie.

Sie kam mit einem dunklen Packen herein. Es waren zwei Jacken in Plastikbezügen. »Wo warst du? Hier, das habe ich für dich gekauft. Du musst gleich anprobieren.«

»Jetzt?«

»Hidde! Morgen gehen wir zum Friedhof. Du willst doch nicht sagen, dass du das vergessen hast …«

Vergessen hatte ich es nicht. Aber ich hatte versucht, meine Gedanken in Kurven drum herum zu leiten. Nicht daran denken. Nicht daran denken.

Morgen. Morgen ist der 29. Mai. Wards Tag.

Sie drückte mir eine der Jacken in die Hand.

»Geh und probiere sie in deinem Zimmer an. Ich komme gleich nachschauen. Wo ist Jeppe?«

Ich runzelte die Stirn und sagte, heute sei Samstag. Sie kapierte nicht, was ich meinte. Jeppe probt jeden Samstag mit der Band, das weiß sie doch, oder?

»Ach ja. Ja. Wenn er heimkommt, soll er sie sofort anprobieren.« Sie hängte die zweite Jacke über das Sofa.

Ich betrachtete Mam. Sie hatte etwas von den Ohrwürmern, die gestern mit ihren Eiern hin und her gerannt waren. Ohrwürmer gehören zu den wenigen Insekten, die für ihre Larven sorgen und die Eier streng bewachen.

Ich ging in mein Zimmer. Es war nicht nur eine Jacke, es war ein ganzer Anzug: eine ordentliche Jacke, ein blaues Hemd und eine Hose.

Die Sachen fühlten sich teuer an. Viel zu teuer. Ich hatte das Gefühl, als hocke ein Tier in meinem Bauch. Ein Tier, das von innen zart an mir nagte.

Es war nicht das erste Mal, dass sie neue Jacken für uns gekauft hat. Jedes Mal kamen sie mir teurer vor. Und jetzt sogar neue Hosen.

Ich mag diese Jacken nicht. Es fühlt sich an, als ob man eine neue Haut bekommt, nur dass einem die neue Haut nicht gehört.

Ich zog den Anzug an und betrachtete mich im Flurspiegel. Ich konnte mich an den Jungen, den ich sah, nicht gewöhnen.

»Steh nicht so krumm!« Mam sah mich an. »Gerade. Du bist doch keine Garnele. Und mach nicht so ein Gesicht.«

»Es fühlt sich nicht gut an. Darf ich nicht für dieses Mal meine normalen Sachen anziehen?«

»Du trägst es nicht für dich, du trägst es für Ward.«

Ein Stromstoß fuhr mir durch den Nacken, als ich seinen Namen hörte. Der wird sonst nie laut ausgesprochen. Vor allem nicht von Mam.

Ich stellte mich gerade hin. Mam lächelte und fuhr mir durch die Haare.

Ich kapiere nie, zu was es gut ist, eine teure Jacke anzuziehen. Ward sieht es doch nicht.

Ward ist fort. Wenn ich sterbe, bin ich auch fort. Futsch. Bild weg. Bildschirm schwarz.

Viele Leute haben davor Angst. Ich nicht.

Für meine Mutter wäre es wohl schlimm. Daran will ich lieber nicht denken. Aber schau, wenn ich tot bin, *kann* ich nicht mal daran denken.

Nein, sterben ist nicht unheimlich. Ich glaube nicht.

Wenn ich tot bin, liege ich unter der Erde, zwischen den Tieren, die ich so gut kenne. Zwischen meinen Freunden. Totengräber, Maden und Regenwürmer und Zikaden kommen mich besuchen. Sie kommen mit ganzen Familien. Sie feiern ein großes Fest und das Fest bin ich.

Ich füttere sie. Genau wie jetzt.

Ich füttere sie, bis ich alle bin.

Ward ist bestimmt ein großartiges Fest gewesen. Manchmal frage ich meine Totengräber danach. Ob sie Ward zufällig gekannt haben oder ob sie vielleicht einen Cousin oder eine Tante haben, die beim Fest gewesen ist. Sie hören dann kurz auf zu kriechen und nicken. Ich sehe sie denken: »Wow, das war doch mal ein Fest!«

Sonntag
29. Mai – Noch 3 Tage

Wir sind am Grab gewesen.

Was soll ich sagen?

Jeppe hat kein Wort geredet. Sein Blick … als hätte er einen Schleier über den Augen. Er hat ausgesehen wie ein Zombie.

Auf dem Hinweg hat er sich im Bus neben mich gesetzt. Jeppe setzt sich sonst nie neben mich.

Er hat an seiner Bügelfalte herumgezupft. Mam sagte, er solle die Finger davon lassen. Dann zupfte er wieder, und Mam sagte wieder: »Finger weg.«

Bis Mam ihm die Blumen gab: »Hier. Halt sie fest.«

Aber da hatte sie selbst nichts mehr und fummelte mit ihren leeren Händen herum. Sie strich ihr Kleid glatt und zupfte unsichtbare Fusseln weg. Kurz darauf hielt sie die Blumen wieder selbst.

(Heute Nacht hatte ich einen seltsamen Traum: In meiner Vitrine lag ein winzig kleiner Ward, so groß wie mein Finger. Er lag in seinem gerippten Schlafsack und schlief. Er war mit einer Nadel auf einen Karton gespießt. Mit meinem Vergrößerungsglas konnte ich sehen, dass er noch atmete, deshalb zog ich die Nadel vorsichtig heraus. Er schlief einfach weiter.)

Wir haben am Grab gestanden. Mam hat die Blumen hingelegt. Und hochgehoben und zehn Zentimeter weiter hingelegt. Und wieder hochgehoben und so weiter.

Jeppe und ich standen dabei und schauten zu.

Jeppe sah blass aus. Als er merkte, dass ich ihn anschaute, schnauzte er: »Behalte deine Augen bei dir«, und versetzte mir einen Schlag gegen den Hinterkopf. Das tat wirklich weh, trotzdem fand ich es nicht schlimm. Mir war Jeppe als Jeppe lieber als Jeppe als Zombie.

Er hat den ganzen Tag kein Wort über den Keller oder das Einpacken gesagt, selbst auf der Heimfahrt im Bus nicht. Ich habe ihn auch in Ruhe gelassen. An Wards Tag gilt eine Feuerpause. Das haben wir nie laut ausgesprochen, aber es ist so. Manche Dinge braucht man nicht laut zu sagen.

Eigentlich wollte ich noch auf dem Friedhof bleiben, um nachher zum Ländchen zu gehen, aber ich habe Mam nicht um Erlaubnis gebeten. Ihr hätte es nicht gefallen. Ich hatte auch einen viel zu teuren Mantel an, um durch das Gras zu kriechen und Insekten zu suchen.

Als wir von der Haltestelle nach Hause liefen, trafen wir Bor auf der Straße. Er skatete auf dem Bürgersteig gegenüber. Ich wollte nicht, dass Bor mich in diesem Aufzug sah, und versuchte, mich hinter Jeppe zu verstecken. Bor blieb stehen und starrte uns nach. Sein Mund stand offen.

»Was glotzt du so?«, schimpfte Jeppe hinüber.

Bors Mund klappte zu.

»Jeppe …« Mam legte eine Hand auf seine Schulter. »Ist das jetzt nötig?«

Als wir zu Hause waren, lief ich sofort los, um meine Raupen zu kontrollieren. Sechs verpuppte! Bei zweien konnte man die Punkte der Flügel schon durch die Haut sehen.

Montag
30. Mai – Noch 2 Tage

Ich habe in der Schule nicht erzählt, dass wir gestern auf dem Friedhof gewesen sind. Im letzten Jahr habe ich nur bedauernde Blicke von allen bekommen.

Ich habe heute sowieso wenig gesagt. Keine Lust.

Bor wollte sich einen Bleistift von mir leihen und fragte, warum wir gestern so schöne Anzüge anhatten.

Ich sagte, das gehe ihn nichts an.

»Ich fand es sehr passend«, sagte Bor. »Ihr habt ausgesehen wie zwei Mafiabrüder.« Er wischte sich die Nase am Ärmel ab.

Ich habe ihm keinen Bleistift gegeben.

Als es klingelte und alle auf den Gang stürmten, blieb ich noch sitzen. Ich hatte keine Lust auf das Gedränge. Ich wartete, bis es ganz still auf dem Gang war, und lief dann zur Garderobe, um meine Jacke anzuziehen. Da stand Lieke plötzlich neben mir.

»Geht es dir gut?«, fragte sie.

Ich wusste nicht, was ich antworten sollte, und versuchte zu lächeln.

»Bist du noch böse auf Amber und Anouk?«

Ich musste kurz überlegen, worum es ging. Meinte sie das Getue mit dem Marienkäfer am Freitag?

»Nein«, sagte ich, »nein, wirklich nicht.«

»Sie sind sonst sehr nett. Aber wenn ein Junge dabei ist, führen sie sich immer so auf.«

Ich nickte. (Auch wenn ich es nicht ganz verstand.)

»Warum warst du dann heute so still?«

Ich zog die Schultern hoch.

Ich hätte ihr etwas erzählen können. Über gestern. Über Ward. Sie hätte mir zugehört. Und danach hätte ich sie wegen Mittwoch fragen können. Aber ich sagte nichts.

»Nun, dann bis morgen«, sagte Lieke und rannte hinaus.

Wenn ich ein Nashornkäfer gewesen wäre, wäre ich jetzt gegen eine Wand gedonnert. Und noch mal. Und noch mal. So lange, bis ich umgeplumpst wäre und auf dem Rücken liegen würde. Dann hätte ich nur noch hilflos strampeln können. Selber schuld.

Jetzt, da ich zu Hause bin und im Keller sitze, weiß ich nicht genau, was ich tun soll.

Den Raupen geht es gut. Nummer sieben verpuppt sich gerade.

Jackie Chan hat Hunger. Sie leckt sich die Füße. Ich werde ihr nichts geben. Sie hat gerade eine ganze Grille verspeist.

Ich werde ein Experiment machen.

Ich werde einen Regenwurm in zwei Teile zerschneiden.

Anfang des Experiments: Schneiden

nach 1 Sek.	Beide Hälften winden sich heftig.
nach 12 Sek.	Sie sind wieder ruhig. Kriechen langsam voneinander weg. Als ob nichts los wäre. Sie sind jetzt einfach 2 Würmer.
nach 33 Sek.	Sie tasten den Boden ab. Kriechen an den Blättern vorbei. Es sieht aus, als würden sie etwas suchen.
nach 65 Sek.	Eine Hälfte probiert, am Glas hochzukriechen. Die andere Hälfte kriecht Runden.

nach 86 Sek.	Vielleicht suchen sie einander. Werde ihnen helfen. Ich habe sie auf die richtige Seite gelegt, damit sie aufeinander zukriechen können.
nach 107 Sek.	Noch 10 Zentimeter
nach 115 Sek.	Fast …
nach 123 Sek.	Sie haben sich gefunden. Reiben die Köpfe aneinander. Sieht aus, als würden sie sich küssen …

Plötzlich legte die Glocke vom Sicherheitsnetz los. Ich sprang auf. Zwei Sekunden später wurde laut an die Luke geklopft. Und noch einmal. Wie war Jeppe so schnell an den falschen Wespen vorbeigekommen?

Er schrie durch die Luke: »Spinnerling! Aufmachen, sofort! Ich weiß, dass du da drin bist!«

Die Luke hörte nicht auf zu rappeln. Jeppe brachte eine Ausrede nach der anderen vor, er wolle die Steckdosen kontrollieren, für seine Verstärker. Er rief, er wolle nur nachschauen, dann würde er sofort wieder gehen. Danach waren ein paar gedämpfte Schläge zu hören.

»Übrigens«, schrie er, »deine Fliegen entkommen.«

Ich rief, es seien Wespen.

»Das glaube ich nicht«, rief er. »Sie sind viel zu lahm für Wespen. Man kann sie sich einfach in der Luft schnappen.«

Da habe ich dann doch aufgemacht. Bevor er noch mehr Schaden anrichten konnte.

Ich hätte nicht aufmachen dürfen. Gestern hat Jeppe wie ein Zombie ausgesehen. Heute wie ein ausgebrochener Gorilla.

Er kam nicht wegen der Steckdosen. Er ist nur gekommen, um mir Angst zu machen. Das kenne ich, bei Insekten heißt das Imponiergehabe. Eine Wespe wackelt mit dem Stachel. Ein Hirschkäfer schneidet mit seinen Kieferzangen durch die Luft. Jeppe stemmte die Hände in die Seiten. Er schrie und schrie. Er tippte auf die Behälter, schob die Hände hinein und grapschte nach meinen Tieren.

Er war sehr böse wegen des Schleimgeländers. Seine linke Hand war total verschmiert. Ich konnte das Lachen nicht unterdrücken.

Dann hat er vier Grillen zerquetscht. Er zog sie aus dem Behälter und zerquetschte sie zwischen Daumen und Zeigefinger.

Er fragte, warum ich noch nicht angefangen hätte, einzupacken. Wenn der Keller übermorgen nicht leer wäre, würde er mich auch zerquetschen und was weiß ich noch alles.

Er sagte, er würde mich so zusammenschlagen, dass ich nicht mehr Papp sagen könnte.

Das fand ich nicht wirklich logisch. Wenn er wollte, dass ich nicht mehr Papp sagen könnte, sollte er mir lieber etwas in den Mund stopfen, als mich zusammenzuschlagen. Oder? Und warum sollte ich Papp sagen wollen? Papp ist weg. Das weiß Jeppe doch auch.

Als Jeppe die Treppe wieder hinaufging, hatte er das Schleimgeländer vergessen, sodass seine rechte Hand jetzt auch beschmiert war. Er fluchte, als würde er giftiges Blut spucken.

Dienstagmorgen
31. Mai – Noch 1 Tag

Ich bin heute Morgen viel zu früh wach geworden. Ich wälzte mich wie eine Sumpfgrille und konnte nicht mehr einschlafen.

Jeppe war auch früh wach. Ich traf ihn im Badezimmer. Er stand in der Unterhose am Waschbecken und rubbelte sich wild die Hände. Schaumflocken flogen herum. Er schaute mich so giftig an, dass ich die Tür gleich wieder zumachte.

Die Grillen sind wegen gestern noch immer ganz durcheinander. Ich habe ihnen zerriebenes Katzentrockenfutter gestreut (ihr Lieblingsessen), aber sie haben noch nicht mal gewagt, unter den Blättern hervorzukommen.

Im Raupenbehälter habe ich schon acht Puppen gezählt, von denen zwei kurz vor dem Schlüpfen sind. Ausgeschlossen, dass morgen keine Schmetterlinge herumfliegen. Ich hoffe nur, dass sie wirklich rosa sind.

Heute muss ich Lieke fragen. Heute ist die letzte Chance.

Ich habe Bauchweh.

Noch eine halbe Stunde, dann muss ich in die Schule. Noch eine halbe Stunde, um mir etwas auszudenken.

Die Rosenkäfer steigen aufeinander und bilden Türmchen. Andere Rosenkäfer schubsen die Türmchen wieder um. Manche liegen auf dem Rücken und strampeln.

Ich weiß was.

Als ich letzte Woche Lieke beim Gummitwist beobachtet

habe, log ich Amber an, ich würde eine Zeichnung machen … Das ist es! Ich mache die Zeichnung wirklich und gebe sie Lieke. Das ist doch nicht komisch, oder?

Ich gebe ihr die Zeichnung und sage: »Sie ist fertig. Ich brauche sie nicht. Willst du sie vielleicht haben?«, und dann wird sie sagen: »Ja, gern«, oder: »Schön«, und dann unterhalten wir uns ein bisschen und dann sage ich: »Ich habe noch was, was dir gefallen wird«, und dann erzähle ich ihr von meinen selbst gezüchteten Schmetterlingen.

So werde ich es tun. Noch zwanzig Minuten für eine gute Zeichnung.

Dienstagnachmittag
31. Mai – Noch 1 Tag

Ich habe es getan. Ich habe sie gefragt! Und sie kommt!

Nach der Schule habe ich mir die Beine aus dem Leib geradelt und bin sofort nach unten gerast, um es allen Tieren zu erzählen.

Ich habe sogar den Schneckenschleim auf dem Geländer vergessen, also habe ich alles an der Hand und es stinkt noch immer, aber das macht mir nichts aus. Sie kommt!

Die Grillen haben spontan angefangen zu singen und die Rosenkäfer rennen im Kreis herum, als würden sie Fangen spielen. Die Heuschrecken haben ihre Blätter bis auf eine Art Fähnchen abgenagt.

Den Raupen geht es sehr gut. Bei allen Puppen kann ich die

Flügelpunkte schon durch die Haut sehen. Und ich habe gerade gedacht, dass ich eine gesehen habe, die ihren Kokon aufreißt.

Ich war heute Morgen so eifrig am Zeichnen, dass ich die Zeit vergessen habe, deshalb kam ich zu spät in die Schule. Den ganzen Tag habe ich auf den richtigen Zeitpunkt gewartet, um ihr die Zeichnung zu geben, aber jedes Mal standen Liekes Freundinnen bei ihr.

Erst am Pausenende habe ich den richtigen Moment erwischt. Während die anderen hineinliefen, kniete Lieke am Zaun, um sich die Schnürsenkel zu binden. Ich blieb ein bisschen zurück, holte die Zeichnung aus der Tasche und hielt sie ihr vor die Nase. Sie nahm sie, ohne etwas zu sagen. Ihre Wangen wurden rot. Sie drückte die Zeichnung an sich, damit niemand sie sehen konnte. Das gefiel mir, sie kapierte sofort, dass sie nur für sie war.

(Ich hatte mir große Mühe mit Lieke gegeben, mit den Haaren über der Schulter, ihren langen Wimpern und den gestreiften Leggings. Amber und Anouk waren natürlich auch dabei, aber die hatte ich ganz schnell gezeichnet. Ich habe sie mürrisch aussehen lassen.)

Lieke fand die Zeichnung schön. Sie fragte alles Mögliche. Wie lange ich dafür gebraucht hatte. Warum sie nicht wusste, dass ich so schön zeichnen kann. Einen Moment war es still, und da erzählte ich von den Schmetterlingen. Ich erklärte, es wäre eine ganz spezielle, neue Art Schmetterlinge. (Ich habe noch geheim gehalten, dass sie rosa sind, dann ist morgen die Überraschung besonders groß!)

Während ich redete, bekam sie immer größere Augen. Funkelnde Augen. Noch schöner als die von einer Goldaugenbremse.

»Hast du Lust, sie dir morgen nach der Schule anzuschauen?«

Es rutschte wie von selbst aus meinem Mund.

Einen Moment war sie still, dann sagte sie: »Ja. Gern.«

Morgen kommt sie also! Hoffentlich können wir dann sehen, wie die Falter aus ihren Kokons kriechen oder dass schon rosafarbene Schmetterlinge umherflattern. Sonst denkt sie vielleicht, es wäre alles nur ein blödes Gerede gewesen.

Zu Hause habe ich mich sofort an die Arbeit gemacht. Aufräumen, fegen, die Behälter abwaschen. Ich bekomme Besuch!

Die Alarmnetzdrähte habe ich entfernt, dann habe ich versucht, den Schleim vom Geländer zu putzen. Aber es bleibt klebrig. Schließlich habe ich Zeitungspapier herumgewickelt.

Ich habe die Schuppentür weit aufgemacht, um die letzten Schwebfliegen freizulassen. Sie trödelten herum. Als wollten sie nicht weg.

Es ist ein seltsames Gefühl, alle Verteidigungsmaßnahmen rückgängig zu machen. Aber meiner Meinung nach ist das jetzt die beste Taktik: So tun, als wäre nichts. Dann kommt Jeppe nichts Böses ahnend herein und … Tatatataa! Wer steht da neben mir? Wer schaut ihn mit großen blauen Augen an?

Trau dich dann, mich zusammenzuschlagen, Jeppe …

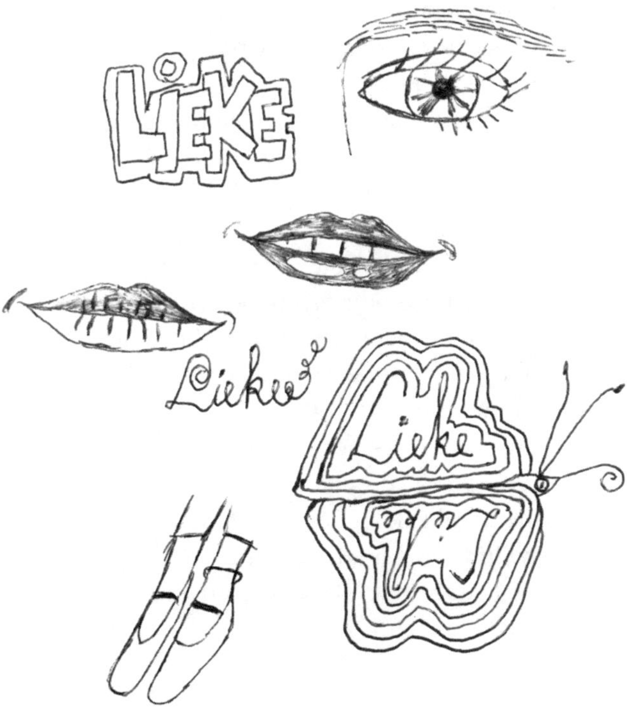

Mittwochmorgen
1. Juni – Schlagzeugtag

Ich habe gerade einen Hirschkäfer gefunden! Hat einfach im Zaun gesessen. Das muss ein Glückstag werden. Ich nenne ihn Bambi.

Heute Nachmittag passiert es. Heute Nachmittag werde ich Jeppe zeigen, dass ich nicht allein bin. Heute Nachmittag zeige ich ihm, dass dieser Keller mir und meinen Tieren gehört. Nicht irgendeinem toten Schlagzeug.

Als ich gerade Jackie Chan fütterte, ist etwas Seltsames passiert. Ich hatte Jackie eine Grille in den Behälter gesetzt, als ich ein leises Geräusch hörte. Die Grille fing an zu zirpen. Das tun Grillen morgens sonst nie. Und vor allem dann nicht, wenn sie gleich aufgefressen werden sollen. Aber diese Grille hatte keine Angst. Sie saß ganz ruhig auf einem Zweig. Sie rieb die Beine aneinander und zirpte.

Die Grillen im Grillenbehälter zirpten mit. Es war ein Abschiedslied. Oder ein Lass-dir-nichts-gefallen-Lied.

Die Gottesanbeterin kümmerte sich nicht darum. Sie drehte den Kopf schräg, hob ihre Karatearme und holte aus. Tschack. Der Grillenkopf war ab.

Und die Grille – ich schwör's – zirpte weiter. Ihr Kopf war ab, aber ihre Beine zirpten weiter. Grrr-grrr-grrr. Jackie ließ vor Verblüffung den Grillenkopf aus dem Mund fallen. Ich glaube wirklich, dass Grillen die mutigsten Insekten der Welt sind.

Ich muss jetzt zur Schule. Danach passiert es.

Drück uns die Daumen.

Mittwochnachmittag
1. Juni – Schlagzeugtag

Es hat gut angefangen.

Lieke ist nach der Schule mit mir gefahren. Ich bin sehr schnell geradelt.

Zum Glück mag Lieke auch schnell fahren. Ihre Haare flatterten nach hinten. Sie hat ein Muttermal hinter dem linken Ohr. Das hatte ich noch nie gesehen. Wenn man schnell radelt, braucht man nichts zueinander zu sagen, die Worte werden sowieso weggeweht.

Im Flur hängte Lieke ihre Jacke an die Garderobe. Es hat witzig ausgesehen, eine rosa Jacke zwischen unseren grauen. Als hätte sich die Jacke verirrt und wäre hier niedergesunken.

In der Küche schenkte ich uns Cola ein. Lieke fand es seltsam, dass meine Mutter nicht da war. Ich erzählte ihr, dass Mam einen schweren Beruf hat und immer erst spätabends heimkommt. Und dass ich das gar nicht schlimm finde. Insekten müssen immer ohne ihre Mütter zurechtkommen, selbst wenn sie erst ein paar Tage alt sind. (Bis auf Ohrwürmer.) Lieke runzelte die Augenbrauen.

Uns fiel nichts mehr ein.

Wir tranken Cola.

»Soll ich sie dir zeigen?«

»Ja, bitte.«

Sie stellte schnell ihr Glas ab und lief hinter mir her. Als ich die Schuppentür aufmachte, flog uns die letzte Schwebfliege entgegen. Lieke erschrak und fuchtelte mit der Hand. Ich erklärte ihr, dass es keine Wespe war, sondern eine Pyjamaschwebfliege. Darüber musste sie lachen.

Im Schuppen knipste ich die Lampe an. Im Licht der Glühbirne bekam ihr Gesicht einen gelben Glanz.

»Hast du sie hier?«

»Nein.« Ich hüstelte. »Ich muss dir was sagen. Dich etwas fragen.«

Sie zog die Augenbrauen hoch und wartete.

»Der Ort, an den wir jetzt gehen, ist supergeheim. Nicht einmal meine Mutter weiß von ihm. Niemand weiß davon, außer meinem Bruder. Ich kann dir diesen Ort nur zeigen, wenn du versprichst, nein, schwörst, dass du niemandem von ihm erzählst. Auch nicht Amber und Anouk. Schwörst du das?

Ihre Augen schossen hin und her.

Sie nickte und hob zwei Finger in die Luft. »Ich schwör's.«

Sie sprühte ein winziges Spucketröpfchen zwischen ihren Fingern hindurch. »Aber warum willst du es mir zeigen? Warum gerade mir?«

Ich schluckte. Nirgendwo in meinem Plan stand so eine Frage.

»Weil …«

Ich fühlte, wie mein Gesicht anfing zu glühen. Ich hoffte nur, dass sie es in der Dunkelheit nicht sah.

»Weil … du auch Insekten magst. Schmetterlinge.«

Ich tauchte unter die Werkbank, machte das Schloss auf und zog die Luke hoch.

Sie ging voraus. Sie bückte sich und kroch durch die Treppenöffnung. Erst erschrak sie, weil die Zeitung knisterte, als sie sich am Geländer festhielt. Wir stiegen die Treppe hinunter.

Es war 14:04. Ungefähr um 14:15 sollte Jeppe heimkommen.

Lieke blieb unten an der Treppe stehen.

Ihr Mund ging ein bisschen auf. Ich sah ihre unteren Zähne.

»Woooow«, flüsterte sie. Sie kam aus dem Staunen nicht heraus.

»Du kannst sie gern aus der Nähe betrachten. Warte, ich hole eins heraus.«

Das hätte ich nicht tun sollen. Aber ich wollte sie so gern zeigen. Alle.

Ich holte eine Stabheuschrecke aus dem Behälter und setzte sie mir auf den Arm. Eine einfache, unschuldige Stabheuschrecke. Noch dazu ein Weibchen.

Als ich mich umdrehte, schnappte Lieke nach Luft und stolperte fast hintenüber. »Tu das weg. Weg damit!« Sie hielt die Hände vor die Brust.

»Aber die tut doch nichts …«

»Weg, Scheusal!« (Sie meinte natürlich die Stabheuschrecke.) »Das ist kein Schmetterling.«

Fast hätte ich meinen ganzen Plan vergessen. Mit einem Mädchen klappt es nie so, wie du es dir ausgedacht hast. Jeppe ist nicht der Einzige, dem das Schwierigkeiten macht.

Ich stotterte etwas von sorry, setzte die Stabheuschrecke zurück und lief zu dem Behälter mit den Puppen. »Die Schmetterlinge sind hier.«

Sie zögerte.

»Sind die Gläser auch dicht?«

»Klar.«

»Kann keiner entkommen?«

»Schau, schau, diese bewegt sich schon!«, rief ich. Aus einem der Kokons drückte sich bereits ein Beinchen heraus.

Wir betrachteten die Puppen. Lieke hatte eine tiefe Falte auf der Stirn.

Um Zeit zu gewinnen, erzählte ich ihr von den Schmetterlingen. Dass es Kohlweißlinge waren, aber mit einer speziellen Diät. Dass es sich um ein schwieriges Experiment handelte, dass der erste Versuch missglückt war, aber jetzt wird es hoffentlich klappen. Ich deutete auf die Flügelzeichnung, die man durch die Haut hinweg sehen konnte.

»Rate mal, was für eine Farbe sie haben werden«, sagte ich. Ich sprach ein bisschen zu laut, ich weiß nicht warum, sie stand dicht neben mir. Ich verzog den Mund zu einem Grinsen.

»Keine Ahnung«, sagte sie. »Sollen wir wieder hinaufgehen? Wir können ja nachher noch mal schauen.«

Ich sah auf die Uhr. Noch etwa fünf Minuten, dann würde Jeppe heimkommen.

Ich schlug vor, ihr meine anderen Tiere zu zeigen. Ohne sie herauszuholen. Nur zeigen.

Sie sah ein bisschen widerwillig aus. Aber sie nickte.

Ich lief herum und erzählte.

Sie hörte nur halb zu und betrachtete alle aus einer gewissen Entfernung. Ich war selbst auch nicht ganz bei der Sache. Ich ließ die Luke und die Glocke nicht aus den Augen und spitzte die Ohren.

Als ich ihr meinen Goldglänzenden Rosenkäfer zeigte, schmolz ihr Gesicht. Ihre Augen funkelten wieder. Sie fand ihn richtig schön und traute sich sogar näher heran. Ihre Nase berührte fast das Glas.

»Sie heißt Tessa«, sagte ich.

Sie kicherte. »Was für ein dummer Name.«

»Nein.«

»Doch.«

»Nein.«

»Doch.« Sie grinste.

»Es ist kein dummer Name, und übrigens, ihr richtiger Name Phalanxis Aurata Carabidae ist doch viel zu lang.«

Nun brach sie in Gelächter aus. Tessa erschrak und kroch unter ein Blatt. Ich musste auch lachen. Ich verstand nicht genau, was daran witzig war, aber wenn Lieke lacht, kann man nicht anders, als mitzulachen.

»Was hast du gesagt?«, fragte sie kichernd.

In diesem Moment ging die Luke auf. Ich sah Jeppes Sneakers oben an der Treppe.

Er fluchte, während er herabstolperte.

»Spinnerling! Warum steht das ganze Zeug noch hier rum? Was hast du dir dabei gedacht?«

Er stockte, als er uns sah.

Ich stellte mich einen Schritt näher neben Lieke.

Ich wartete.

Jeppe blieb still. Er wusste nicht, was er sagen sollte.

Der Plan schien zu funktionieren. Jedenfalls war er verwirrt.

»Hallo«, sagte Lieke.

Es hallte nach.

Jeppe war noch immer wie betäubt. Eine Fliege in einem Spinnennetz, zu verblüfft, um etwas zu tun.

»Heute ist ein besonderer Tag«, fing ich an. »Heute werden wir das erste Exemplar einer neu gezüchteten Schmetterlingsart schlüpfen sehen. Willst du es auch sehen, Jeppe?«

Angriff ist die beste Verteidigung, dachte ich.

Jeppe kam langsam die letzten Stufen herunter. Er ging auf uns zu. Sein Arm schoss uns entgegen. Im ersten Moment dachte ich, er würde mich oder Lieke schlagen, aber er streckte einfach die Hand aus.

»Ich bin Jeppe.«

Das letzte Mal, beim Nachbarmädchen, war Jeppe schon nach ein paar Sekunden wie eine Mauerassel abgehauen. Jetzt hielt er es länger aus.

Lieke schüttelte ihm die Hand und sagte ihren Namen. Es sah blöd aus: zwei Kinder, die sich die Hand schütteln. Das tut man doch nicht? Na ja, vielleicht am Geburtstag.

Er schaute sie an. »Bist du bei Spinnerling in der Klasse?«, fragte er.

»Ich heiße nicht so«, schnauzte ich.

Lieke nickte nur.

Jeppe stemmte die Hände in die Seiten, nickte und hörte nicht auf zu nicken. Wie diese Plastikhunde mit den Wackelköpfen.

»Du hast also unseren Keller schon bewundert.« Er sagte: »unseren Keller«. Wenn ich einen Stachel hätte, hätte ich zugestochen.

»Du magst Schmetterlinge?«, fragte er. Und nickte immer noch wie blöd.

»Schon«, sagte Lieke.

Das lief falsch. Ich musste etwas tun, etwas sagen. Aber mir fiel nichts ein.

»Magst du auch Musik?«, fragte Jeppe.

»Kommt darauf an, welche.«

»Deine Musik mag sie nicht«, fauchte ich ihn an.

»Deine Musik? Machst du selbst Musik?«, fragte Lieke.

Das ging wirklich vollkommen schief.

»Ach«, sagte Jeppe, »ich spiele nur Gitarre, Bass und ein bisschen Tasteninstrumente. Und Schlagzeug.«

Jetzt sah Lieke auch aus wie ein Hund mit Wackelkopf.

»Und du?«, fragte Jeppe.

Lieke schüttelte den Kopf. »Aber ich singe gern.«

»Hm«, sagte Jeppe. Und dann: »Spinnerling hat dich bestimmt gefragt, ob du ihm beim Umzug hilfst.«

Lieke schaute mich stirnrunzelnd an.

»Nein? Hat er dir nichts erzählt von dem neuen Musikkeller?«

Das ging mir zu weit. Ich deutete auf den Ausgang. »Jeppe, hau ab. Wir betrachten hier Schmetterlinge und … es muss still sein. Sonst schlüpfen sie nicht.«

Ich weiß, das war ein lahmer Einwand. Aber mir fiel nichts anderes ein.

»Oh. Okay.« Er flüsterte sogar. So ein scheinheiliger Typ.

Er ging zur Treppe.

Einen Moment lang dachte ich, der Plan würde doch funktionieren, er würde einfach weggehen, er könnte nichts gegen mich unternehmen, weil Lieke dabei war.

Aber auf halber Treppe sagte er: »Spinnerling, wenn das Schlagzeug kommt, muss es hier leer sein, sorgst du dafür? Wenn du willst, Lieke, kannst du es ausprobieren. Hast du schon mal Schlagzeug gespielt?«

Lieke schüttelte den Kopf. »Darf ich wirklich?«

»Klar.« Er grinste. »Oh, sorry, ich habe etwas vergessen …« Er kam ruhig die Treppe wieder herunter und griff nach dem Behälter mit den Heuschrecken. »Ich helfe schon mal ein bisschen, ein paar Sachen nach oben zu bringen.«

»Hände weg!« Ich schoss auf ihn zu und zog ihm den Behälter aus der Hand.

»Oh, ich sehe schon. Bestimmt soll Lieke dir beim Schleppen helfen. Schön.«

»Was?«, rief Lieke.

»Überhaupt nicht«, rief ich. »Du brauchst nicht zu helfen. Niemand wird hier schleppen. Das Schleppen ist abgesagt. Es geht nicht, wegen der Schmetterlinge, und ... ich habe Besuch!«

Jeppe hörte auf zu grinsen. »So war es nicht abgemacht, Spinnerling.«

»So heiße ich nicht. Und es gab keine Abmachung, wenigstens nicht für heute.« Ich weiß nicht, woher ich den Mut hatte, aber ich machte weiter: »Vor drei Jahren haben wir eine Abmachung getroffen ...«

»Maul halten«, zischte Jeppe. Es hallte. Auf einmal war seine Stimme ganz anders. Mit giftigen Widerhaken. Ich drückte den Heuschreckenbehälter an mich. Der scharfe Rand schnitt in meine Finger.

Lieke schaute von ihm zu mir und wieder zurück. Wie vorhin hielt sie die Hände vor die Brust.

Jeppe kam auf mich zu. Ich lief rückwärts, hielt aber den Heuschreckenbehälter noch immer fest.

»Wenn du nur noch ein Wort ...« Seine Augen schossen zu Lieke.

Ich hatte geschworen, nichts über den Deal zu sagen. Aber ich hatte auch nicht wirklich was gesagt, oder doch? Und übrigens: Jeppe brach seinen Teil des Abkommens ebenfalls.

Der Deal war mein Stachel, meine letzte Waffe, und ich zeigte sie deutlich. Damit Jeppe es nicht vergaß.

»Ich habe noch nichts erzählt«, sagte ich. »Und ich werde auch nichts erzählen, solange ich den Keller behalten darf.«

Jeppe presste die Lippen zusammen. Er wich langsam zurück.

»Du kannst das Schlagzeug ja in dein Zimmer tun«, sagte ich leise.

»Das passt aber nicht ...«, zischte Jeppe.

»Dann brauchst du dir auch kein Schlagzeug anzuschaffen.«

»Du kannst was erleben. Tagelang Saures. Dafür werde ich sorgen.« Er stieg die Treppe hinauf und schlug die Luke zu. Mit einem lauten Knall.

Lieke hielt sich die Ohren zu. Ihre Lippen zitterten.

Ich musste etwas sagen.

Etwas wie: »Es ist nicht so schlimm«, oder: »Mach dir nichts draus«, oder: »Er ist immer so.«

Das fällt mir jetzt ein.

Aber in jenem Moment blieb mein Kopf leer. Und mein Mund still.

Wieder war ein leises Knarren zu hören.

Die Luke ging noch mal auf. Jeppe streckte den Kopf durch die Öffnung. Seine Haare hingen in Strähnen nach unten.

»Sorry«, sagte er und schnaufte. »Sorry, Lieke. Vergiss es. Glaub nicht alles, was Spinnerling sagt. Er ist ein bisschen gaga.« Er tippte sich an den Kopf. »Die Tiere haben sein Gehirn angegriffen. Da kann man nichts machen …« Er zwinkerte.

Draußen hupte ein Auto. »Ach. Der Lieferwagen ist da«, sagte Jeppe. »Spinnerling, wir sprechen uns noch.« Er zog den Kopf wieder hoch. Die Luke klappte zu.

Schon die ganze Zeit stand ich mit den Heuschrecken im Arm da. Ich sah, dass meine Knöchel weiß geworden waren. Vorsichtig stellte ich den Behälter zurück.

»Sollen wir wieder hinaufgehen?«, fragte Lieke.

Das fand ich keine gute Idee.

Ich schaute Lieke an. Sie hatte die Arme um sich geschlungen, als wäre ihr eiskalt.

Ich musste etwas sagen. Etwas Liebes. Ich musste sie aufheitern. Also sagte ich: »Es ist Zeit zum Füttern.« Ich dachte noch:

Und dann gebe ich ihr den Pflanzensprüher, dann darf sie die Grillen und die Heuschrecken duschen, das ist das Schönste.

Aber sie sagte: »Dann warte ich oben, bis du fertig bist.«

»Oh. Okay.« Das sagte ich.

Mehr nicht.

Kurz darauf hörte ich sie über mir lachen, in Jeppes Zimmer. Ich legte mein Ohr an das Abhörrohr. Lachen und Getrommel und Gitarrengeklimper. Er hatte es doch geschafft, das Schlagzeug in sein Zimmer zu stopfen. So konnte er Lieke ein bisschen trommeln lassen.

Später platzte eine der Puppen. Die Beinchen drängten sich heraus. Ich bin nach oben gerast, um Lieke zu holen, aber sie war schon nach Hause gegangen. Kein Rosa mehr an der Garderobe. Unsere Jacken hingen grau nebeneinander.

Als ich wieder in den Keller kam, war der Schmetterling schon vollständig geschlüpft. Seine Flügel hingen noch schlapp herunter. Sie waren rosafarben. Rosa wie Lutschstangen.

Donnerstag
2. Juni

Das mit den rosafarbenen Schmetterlingen hat funktioniert.

Aber das mit mir nicht.

Ich dachte: Wenn Lieke hierherkommt, wird alles besser. Wenn Lieke hierherkommt, bin ich sicher.

Von wegen.

»Ich habe helfen dürfen, das Schlagzeug zusammenzubauen!«, sagte sie in der Schule. »Ich durfte es als Erste ausprobieren. Dein Bruder ist witzig. Er spielt echt gut Gitarre.« Das sagte sie und was weiß ich noch alles. Ich hatte wenig Lust zuzuhören.

Ich habe die rosafarbenen Schmetterlinge ganz umsonst gezüchtet. Sie fliegen jetzt frei im Keller herum. Es sind schon drei. Oder nein, vier. Was spielt das für eine Rolle? Ich lasse sie einfach flattern. Sie schaffen es schon, sie gehen ab und zu an die Bananen der Schnecken.

Das Schlagzeug habe ich abwehren können. Aber für wie lange?

Ich hatte auf Verstärkung gehofft. Eine Verbündete. Und jetzt steh ich doch wieder allein da.

Heute Morgen, bevor ich zur Schule radelte, habe ich das Fahrradschloss an der Luke noch einmal kontrolliert. Als ich dann losfuhr, konnte ich es nicht lassen, ich musste mich dauernd umdrehen und zurückschauen.

In der Schule dachte ich den ganzen Tag daran, wie Jeppe die Grillen zwischen Daumen und Zeigefinger zerquetscht hatte.

Du verstehst, dass ich nach Schulschluss gleich nach Hause geradelt bin.

Fast wäre ich gegen ein geparktes Auto geknallt. Ich sah nämlich wieder einen Hirschkäfer auf dem Randstein. Normalerweise sieht man sie nie. Gestern dachte ich noch, es bringt Glück, wenn man einen findet, aber das war Blödsinn. Ich habe ihn natürlich mitgenommen, weil sie so selten sind.

Er durfte zu Bambi in den Behälter (du weißt doch, zu dem Hirschkäfer, den ich schon hatte). Sie sind beide Männchen. Sie liefen auf einem Zweig aufeinander zu und fingen sofort an zu kämpfen. Sie bewegten ihre Kiefer und versuchten, einander umzuwerfen. Der Neue packte Bambi in der Mitte. Bambi strampelte und wurde vom Zweig geworfen.

Er landete auf dem Rücken und strampelte weiter. Ich schaute zu. Nach einer Weile hielt ich es nicht mehr aus und drehte ihn um. Es war, als würden meine Beine und Arme ebenfalls müde, allein vom Zuschauen.

Den neuen Hirschkäfer nenne ich Rambo.

Jeppe rüttelt in diesem Moment an der Luke.

Von mir aus kann er tot umfallen.

»Wir müssen miteinander reden, Kleiner!«, schreit er durch einen Spalt.

Ich werde nicht reden. Ich sage nichts.

Er rüttelt und rappelt. Ein Kettenschloss kann er nicht zerreißen.

An der Luke bleibt es still. Ich höre ihn weglaufen.

Schuppentür …

Er geht ins Haus.

Hoffentlich verhält er sich ruhig. Ich habe ihn an unseren Deal erinnert. Vielleicht hat er ja gedacht, ich würde mich nicht trauen, noch einmal davon anzufangen. Da kennt er mich schlecht.

Ich muss ihn genau beobachten. Ich glaube, ich höre ihn durch sein Zimmer gehen, direkt über … Was ist das?

Ein Luftangriff! Schlagzeugbomben direkt über mir! Es dröhnt bis in den Keller!
Alle Behälter zittern – die Tiere suchen Zufluchtsorte – die Rosenkäfer sind so erschrocken, die Hälfte liegt auf dem Rücken. Heuschrecken und Grillen irren durch ihre Behälter, kriechen übereinander, stoßen sich gegenseitig um. Rosafarbene Falter flattern wild – sie wagen nicht zu landen! Kanonendonnerlautes Schlagzeugdröhnen! Der ganze Keller voller Getrommel und Gedröhne und Gebeng und Geboing! Mir tun die Ohren weh! Au. Au. Au!

Es hat aufgehört. Ist er müde?

Geht es gleich weiter?

Ich muss den Rosenkäfern auf die Beine helfen. Und den Grillen und den Heuschrecken. Auch die Nashornkäfer sind umgefallen.

Das hat Jeppe also mit »jeden Tag Saures« gemeint. Ich beiße die Zähne zusammen. Jetzt haben wir wirklich Krieg.

Donnerstagabend
2. Juni

Manchmal wäre ich gern eine Gottesanbeterin. Eine Gottesanbeterin mit superstarken Armen. Und einer Tarnfarbe. Dann würde ich in einem riesigen Glasbehälter wohnen. Nichts, worum ich mich kümmern müsste. Ein bisschen über Blätter laufen. Ab

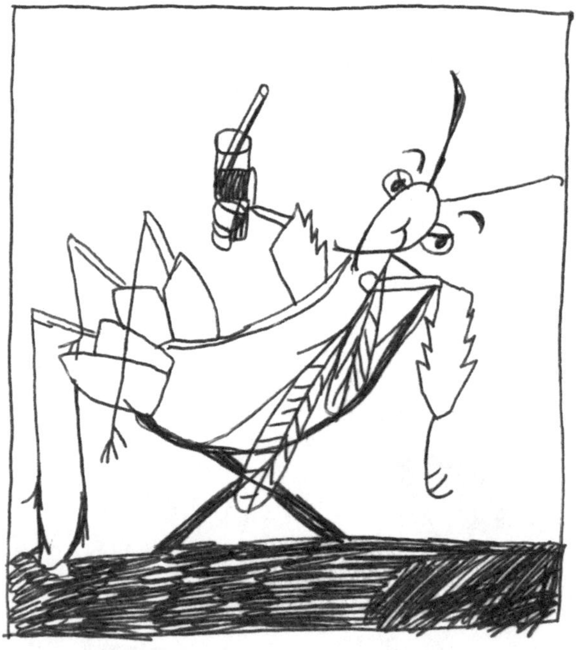

und zu eine Grille packen. Und ich brauchte vor nichts Angst zu haben, denn mein Behälter hätte einen großen Deckel.

Ich traue mich nicht mehr, mit Jeppe gemeinsam zu essen. Ich gehe ihm so weit wie möglich aus dem Weg. Ich bin hier im Keller geblieben, bis Mam nach Hause kam.

Sie schaute mich seltsam an, als ich sagte, ich wolle mit ihr essen. »Hast du noch nicht gegessen? Es ist neun Uhr!« Sie stellte ihre Tasse auf der Anrichte ab.

Ich sagte, ich hätte jetzt erst Hunger. Ich fände es gemütlich, mit ihr zu essen.

Sie hielt es für sehr spät und sagte, ich müsse ins Bett.

»Findest du es nicht gemütlich, mit mir zu essen?«, fragte ich. Meine Stimme zitterte, als ich das sagte. Oben in meiner Nase kitzelte es.

Mam schaute mich lange an. Ich sah, dass sich ihre Kiefermuskeln spannten.

Sie wolle gern einen Salat machen, sagte sie und steckte den Kopf in den Kühlschrank.

Jeppe kam in die Küche. Er kaute Kaugummi und starrte mich an.

»Hi, Schatz«, sagte Mam aus dem Kühlschrank. Sie fragte, ob er auch noch essen müsse.

Jeppe brummte etwas Unverständliches.

»Was hast du gesagt?«, fragte Mam.

Jeppe schwieg und zog den Kaugummi zwischen seinen Zähnen lang, während er mich weiterhin anschaute.

»Spiel nicht mit deinem Kaugummi rum!«, stieß Mam böse aus. »Und hast du jetzt gegessen, ja oder nein?«

Wir starrten sie an.

»Du kannst doch reden, oder?« Sie schlug die Kühlschranktür zu.

Sogar Jeppe erschrak. Er schaute sie mit großen Augen an. Der Kaugummistreifen in seiner Hand hing schlaff herunter. »Ich … ich habe schon gegessen«, stotterte er.

»Sorry.« Sie lehnte sich an die Anrichte. Schloss die Augen. »Was für ein langer Tag. Meine Geduld ist von lästigen Kollegen aufgefressen worden. Und durch spastische Kopiergeräte …« Sie redete noch eine Weile weiter. Wenn Mam so redet, stellt man besser keine Frage.

Jeppe lief in sein Zimmer und schlug die Tür hinter sich zu. Zwei Sekunden später erklang ein lautes Trommeln und Gerassel. Als würde er alle Trommeln und Becken gleichzeitig ausprobieren. Dudeldum, dudeldum, dudeldum, peng, peng … Mam sprang auf, hielt sich die Ohren zu und starrte mich mit großen Augen an. Als könnte ich etwas daran ändern. Ich rief über den Krach hinweg, dass er das Ding von der Band bekommen hätte.

Sie ging direkt in sein Zimmer. Sie klopfte noch nicht einmal an, sie stürzte einfach hinein. Was sie sagte, konnte ich nicht verstehen. Das Getrommel hörte auf. Mam kam zurück. Sie hatte gerade die Tür hinter sich zugezogen, da fing in seinem Zimmer Musik an. Raggende Gitarren. Sie blieb stehen, schnaubte durch die Nasenlöcher, nahm ein Brett und ein Messer und fing an, Tomaten zu schneiden.

Ich habe mit Mam gegessen. Wir sprachen nicht viel. Der Salat hat nicht besonders gut geschmeckt, trotzdem nahm ich mir dreimal. Ich hatte Hunger. Und sie hatte sich solche Mühe gegeben.

Freitag

3. Juni

Den ganzen Nachmittag gab es Schlagzeugbombardierungen. Die Tische zitterten so sehr, dass das Glas mit den Hirschkäfern zu Boden gefallen ist. Kaputt. Rambo habe ich retten können, aber Bambi ist spurlos verschwunden.

Die Stabheuschrecken und die Blattheuschrecken haben schon zwei Tage lang kein einziges Ei mehr gelegt.

Lukas, der Glühwurm, fing plötzlich an, schnell hin und her zu flitzen. Sein Hinterleib flackerte wie eine Discolampe, und dann gab er überhaupt kein Licht mehr.

Den rosafarbenen Schmetterlingen schien es am wenigsten auszumachen. Sie flatterten auf und setzten sich ein Stück weiter wieder. Mehr eigentlich nicht.

Heute Nachmittag hatten wir Musikunterricht in der Schule.

Ich hasse Musikunterricht.

Lieke wollte gern auf den Bongos spielen. Sie sagte, sie hätte schon ein bisschen Drummen gelernt. Und dass mein Bruder gesagt habe, sie hätte ein gutes Rhythmusgefühl. Sie schaute sich stolz um, ob es auch jeder gehört hatte. Die Klasse kannte meinen Bruder.

Vor zwei Jahren, als er noch bei uns in der Schule war, ist er mit einer Schulband aufgetreten. Jeppe auf der elektrischen Gitarre. Er schrie, als wäre er von einer Feuerameise gebissen worden, und rammte mit seinem Kopf ein Mikrofon um. In den Wochen danach haben sich alle anders verhalten. Wenn er über den Schulhof schlenderte, hinterließ er eine Spur von kichernden Mädchengruppen. Und die Jungen sagten zueinander, sie wollten auch Gitarrenunterricht nehmen, und sie probierten, wer am schnellsten headbangen konnte. Mich fragten sie immer, ob ich eine Gitarre hätte oder ob ich auch so spielen könnte, ob das Talent »in unserer Familie liegt«. Dann murmelte ich irgendwas oder zuckte mit den Schultern.

Weil Lieke Rhythmusgefühl hatte, durfte sie also die Bongos nehmen. Zusammen mit Bor. Bei jedem Schlag wippten seine Locken auf und ab.

Sie hatten den größten Spaß.

Ich bekam einen Triangel. Ich brauchte nicht viel zu tun und schaute aus dem Fenster. Ein Pfauenauge flatterte über die Büsche. Ich gab Lieke ein Zeichen, aber sie hatte nur Augen für die Trommeln. Als ich wieder hinausschaute, sah ich, wie ein Star den Schmetterling aus der Luft schnappte.

Samstag
4. Juni

Als ich heute Morgen den Grillen gerade frische Zweige hinlegte, hörte ich ein Kichern, das mir bekannt erschien. Es kam von draußen, von der Straße. Durch das Gitter sah ich ein Stück Fahrradreifen und zwei Beine in gestreiften Leggings.

Lieke.

Sie kommt meinetwegen, schoss es mir durch den Kopf. Sie will doch die Schmetterlinge sehen.

Mir wurde leichter. Ich starrte so lange auf ihre Beine, dass mir eine Grille entkam. Schnell fing ich sie und legte den Deckel auf den Behälter.

Wieder erklang Gekicher. Doch diesmal von zwei verschiedenen Stimmen. Ich stieg auf den Stuhl vor dem Gitter und entdeckte noch zwei weitere Mädchen mit Fahrrädern dicht hinter Lieke. Dreimal darfst du raten, wer sie waren.

Lieke wollte weiterfahren, aber Amber zog an ihrem Gepäckträger und zischte, sie müsse warten. Sie stellte sich neben Lieke, legte ihr die Hand auf den Arm und lachte. Alle drei schauten zu unserer Haustür hinüber.

Wenn Lieke die Schmetterlinge sehen wollte, warum hatte sie dann ihre Freundinnen mitgenommen? Sie wusste doch, dass der Keller streng geheim war. Sie hatte es geschworen.

Lieke schüttelte Ambers Arm ab und stieg gerade wieder aufs Rad, als Jeppes Stimme zu hören war: »He, Lieke!« Mit seinem Mountainbike schoss er aus dem Weg neben unserem Haus.

Lieke blieb stehen. Amber und Anouk schoben ihre Räder näher zueinander und steckten die Köpfe zusammen. Sie prusteten los.

»Hallo, Jeppe«, sagte Lieke. »Wir sind zufällig vorbeigekommen.«

»Zufällig«, wiederholte Amber. Anouk versteckte ihr Gesicht in ihrer Jacke. Lieke warf ihr einen bösen Blick zu.

»Wir waren unterwegs zum Schwimmbad«, sagte sie zu Jeppe.

»Wenn du Lust hast mitzukommen …«, rutschte es Amber heraus. Anouk versteckte ihr Lachen in der Jacke, krümmte sich und fiel samt Rad und allem um. Laut lachend lag sie auf dem Bürgersteig, sie konnte sich nicht fassen.

Amber und Lieke taten, als wäre nichts passiert. Sie schauten Jeppe immer noch an.

Der fuhr auf Lieke zu und bremste so hart, dass sein Hinterrad wegrutschte. »Schade. Ich kann nicht, ich muss mit der Band üben.«

Er warf einen Blick in Richtung Gitter. Ich tauchte weg, auch wenn ich wusste, dass er von der Straße aus nicht hereinschauen konnte: Das hatte ich oft genug ausprobiert. Aber es war etwas in seinem Blick. Er wusste, dass *ich* ihn beobachtete.

Vorsichtig kam ich wieder hoch.

»Hör mal, Lieke«, sagte Jeppe, »du kannst doch singen?«

Sie zuckte mit den Schultern. »Geht so.«

»Wir suchen noch eine Sängerin.«

Lieke erschrak. (Und ich auch.)

Amber rief: »Sie kann schrecklich gut singen. Echt.«

»Sie hat mal einen ersten Preis gewonnen«, sagte Anouk, die sich inzwischen wieder aufgerappelt hatte.

»Nein, stimmt nicht«, fauchte Lieke sie an.

»Warum kommst du nicht mal mit«, schlug Jeppe vor. »Dann könnten wir es uns anhören.«

»Ich weiß nicht«, murmelte Lieke.

»Natürlich«, sagte Amber. »Probesingen.«

Jeppe wollte es den anderen vorschlagen. Er sagte, dass sie immer dienstags probten, und lud sie ein, nach der Schule wieder hierherzukommen, dann könnte sie mitfahren.

Lieke hob die Schultern.

»Am Dienstag«, wiederholte Amber und schaute ihre Freundinnen an. »Da können wir doch, oder?«

»Nur Lieke. Unser Bandleader kann Topfgucker nicht ausstehen.«

Amber schnaubte. Anouk grinste ein bisschen, aber man sah, dass sie selbst nicht wusste, warum.

»Kommt, gehen wir schwimmen«, sagte Amber, und die Mädchen radelten davon. Lieke hob vorsichtig die Hand.

»Bis Dienstag«, rief Jeppe ihr nach.

Als er auf sein Rad stieg, warf er noch einmal einen Blick über die Schulter: zu mir.

Ich glaube kein Wort davon. Meiner Meinung nach suchen sie keine Sängerin. Ich habe jedenfalls noch nie was davon gehört. Es ist eine reine Jungenband. Außerdem hat Jeppe sie noch nie singen gehört, und trotzdem hat er sie gefragt. Jeppe tut das bestimmt nur, um sie zu ködern.

Es gibt eine Orchideengottesanbeterin, die genau aussieht wie eine rot-weiße Blüte. Auf diese Art lockt sie Schmetterlinge an, und wenn sie für einen Schluck Nektar landen, streckt sie die Beine aus und frisst sie.

Irgendetwas stimmt nicht. Ich habe ein komisches Gefühl im Bauch, als hätte ich einen Boxhieb bekommen.

Lieke ist in *meiner* Klasse. *Ich* habe ihr meinen Keller gezeigt. *Ich* habe sie hierher eingeladen. Oder etwa nicht?

Sonntag
5. Juni

Heute Nacht habe ich was Blödes geträumt. Schwachsinn. Ich will den Traum erzählen, aber du darfst nicht lachen.

Es war bei uns auf dem Schulhof. Ich hockte hinter dem Zaun, unter den Sträuchern versteckt, wo ich manchmal Raupen und Spinnennester finde. Zwischen den Blättern hindurch sah ich Jeppe, er drehte seine Runden mit dem Rad. Aus seinem Kopf wuchsen zwei Stöcke, und die glühten auf. Sie gaben Lichtsignale. Sie glühten und erloschen. Glühten und erloschen.

Nach einer Weile tauchte Lieke auf. Ihre Beine bewegten sich nicht, sie schwebte ein Stück über dem Boden. Ein grünes Licht schien auf ihre Füße und Beine und es bewegte sich mit ihr. Du weißt schon, genau wie ein Spot in einem Musical. Es glühte langsam auf und erlosch wieder. Lieke schwebte hinter Jeppes Fahrrad her, und so drehten sie langsam Runden umeinander herum. Jeppes Stöcke glühten und erloschen wieder, genau wie das Licht um Liekes Füße. Erst nach einer Weile sah ich, dass das Licht nicht von einem Spot kam, sondern von Lieke selbst. Unter ihrem Rock heraus. Als würde eine Lampe durch ihre Leggings scheinen. Aber es war keine Lampe, es waren ihre Pobacken, die leuchteten.

Tja. Ich kann doch auch nichts dafür, wenn ich solche Sachen träume.

Ich habe mir überlegt, dass ich meine Tiere zeichne. Wenn doch alles schiefgeht, wenn ich diesen Krieg verliere, habe ich wenigstens noch die Bilder.

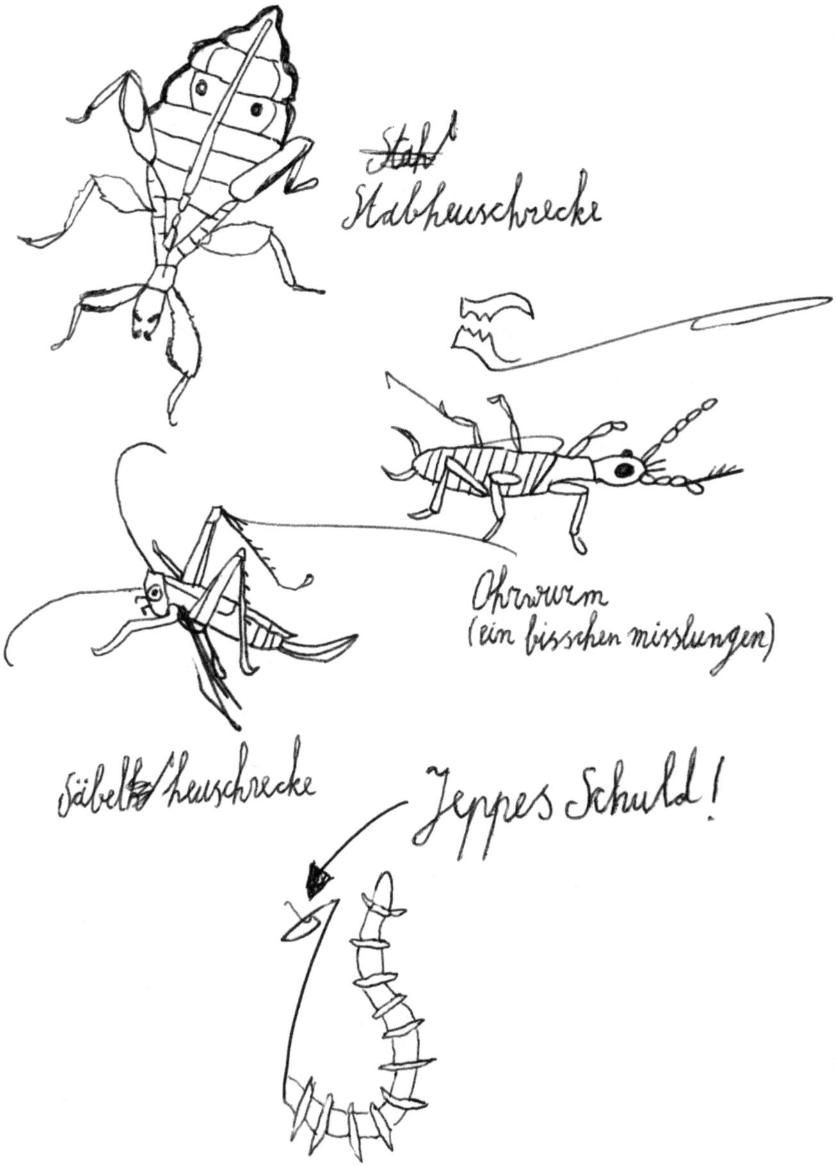
Stabheuschrecke
Ohrwurm
(ein bisschen misslungen)
Säbelheuschrecke
Jeppes Schuld!

Der Stift verrutscht mir dauernd bei dem Lärm von oben.
Jeppe ist wieder zugange. Ständige Schlagzeugexplosionen.
Manchmal ist es kurz still. Dann explodiert wieder eine Lärmgranate. Kann nicht nachdenken. Halte es nicht aus. Das hält niemand aus.
Ich …
Geht nicht. Ich muss raus aus dem Keller. Weg weg weg weg weg …

Ich bin aufs Rad gesprungen und zum Ländchen geflohen.

Vielleicht gemein, meine Tiere in diesem Krach zurückzulassen. Aber ich konnte da unten bei dem ganzen Gedonner nicht mehr nachdenken.

Wenn es so weitergeht, muss ich aufgeben. Ich bin nicht mehr als ein Mini-Einsiedlerkrebs. Jeppe ist ein großer. Er rammt so lange gegen meine Muschel, bis ich weglaufe und er sie übernehmen kann.

Ich strampelte mir die Beine aus dem Leib. Nicht weil ich es so eilig hatte, sondern einfach so, weil ich Lust hatte, schnell zu fahren.

Normalerweise stelle ich mein Fahrrad immer ordentlich in den Fahrradständer am Anfang der Gasse, aber nun fuhr ich weiter, auf den Schotter, bremste und rutschte bis dicht vor den Zaun. Ich hinterließ eine Schleifspur in den Steinchen.

»Bist du verrückt geworden?«, brüllte der Totengräber. Er schob den Kopf durch das Tor im Zaun. »Mach, dass du wegkommst, Rotzlöffel!«

Ich hatte Lust zu schreien, ich hatte Lust, mein Fahrrad gegen seine Schienbeine zu donnern, ich hatte Lust zu brüllen, dass ich herkommen durfte, wann immer ich wollte, weil mein toter Bruder hier lag.

Aber mein Mund blieb zu.

Ich warf mein Rad hin und rannte los, um die Ecke, den Zaun entlang, zum Ländchen hinter dem Friedhof.

Ich schaute zurück, ob der Totengräber mir folgte, aber er rechte schon wieder am Tor.

Ich setzte mich auf den Steinhaufen und spähte durch den Zaun zu den Gräbern. Ich sah Wards weißen Stein. Er glänzte in der Sonne.

Ich wagte mich nicht hin, weil mich dann der Totengräber sehen würde.

Ich blieb einfach eine Weile sitzen.

Dann habe ich noch ein paar Backsteine umgedreht und nach Tieren gesucht. Ich entdeckte ein paar Asseln, Ameisen und Regenwürmer. Und einen kräftigen Tausendfüßer. Ich konnte ihn gerade noch erwischen, aber er hat mich gebissen. Es brannte und glühte. Dann bin ich zurückgeradelt, nach Hause.

Jetzt sitze ich wieder in meinem Keller. Jeppe ist nicht zu hören. Mein Finger pocht immer noch vom Tausendfüßerbiss.

Soll ich zurückbeißen? Oder abhauen? »Machen, dass ich wegkomme«, wie der Totengräber gesagt hat? Wenn ich bloß wüsste, wie das gehen sollte, wegzukommen. Sich unsichtbar machen. Stell dir vor. Dann brauchte ich keine Angst mehr zu haben, dass Jeppe mich erwischt. Andererseits bin ich schon ziemlich unsichtbar. Jedenfalls für Lieke, sie schaut einfach durch mich hindurch.

Was würde Ward davon halten, wenn ich Jeppe eins auswischen würde, indem ich das Geheimnis verrate? Würde er das wollen? Oder gerade nicht?

Wäre er noch da, würde er Jeppe bremsen.

Er würde ihn packen, sich auf ihn setzen und lachend seine Muskeln unter seinen Knien rollen lassen.

Und zu mir würde Ward sagen: Komm, kleiner Bruder, lass dich nicht wegjagen!

Und er hat recht.

Ich darf nicht weglaufen. Ich muss mich wehren. Ich muss zum Gegenangriff übergehen.

Ich schreibe einen Brief, den werde ich unter seiner Tür durchschieben. Ich schreibe:

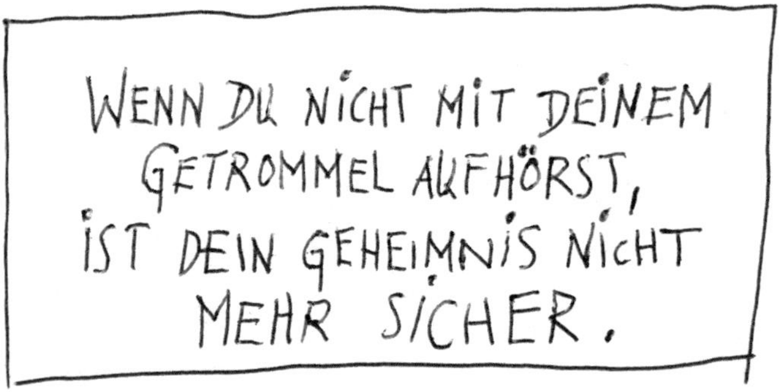

Mal sehen, ob er sich jetzt ruhig verhält.

Montag
6. Juni

Heute Morgen, als ich in den Keller kam, merkte ich, dass etwas nicht in Ordnung war. Es roch anders.

Auf dem Boden war eine große Wasserpfütze, am Tisch mit den Würmern und den Blattheuschrecken. Vielleicht ist eine Leitung geplatzt, dachte ich zunächst. Aber an der Decke war nichts zu sehen.

Erst als ich den Boden aufwischte, entdeckte ich das Unglück: Der Behälter mit den Blattheuschrecken stand voll Wasser. Er war zu einem Aquarium geworden. Alle Stabheuschrecken trieben herum. Sie bewegten sich nicht mehr.

Ich habe sie sofort herausgefischt und auf ein Küchenhandtuch gelegt. Als ich vorsichtig versuchte, sie trocken zu pusten, pustete ich aus Versehen eine weg.

Ich weiß nicht, ob sie durchkommen. Während ich das schreibe, liegen sie noch immer bewegungslos auf dem Tuch. Ihre Eier sind alle weich und blasig geworden. Ich glaube nicht, dass die Stabheuschrecken noch schlüpfen.

Wie hat er es bloß geschafft, meine Stabheuschrecken zu ersäufen? Die Tür war zu, das Schloss war heil. Wie hat er meine Stabheuschrecken ersäufen können?

Das ist also seine Antwort auf den Brief. Das ist sein Gegenangriff.

Dieses Heft wird mehr und mehr ein Kriegstagebuch.

In einem Kriegstagebuch musst du alle Bombardierungen notieren, wann du untertauchst und was du alles entdeckst. Die Schwachstellen deines Gegners. Und deine eigenen.

Du schreibst auch auf, wer deine Verbündeten sind. Lieke ist offenbar ungeeignet als Verbündete. Dann habe ich noch Mam. Ja. Also. Ich weiß nicht genau, wie ich sie einschätzen soll.

Aber du bist ja auch noch da.

Du denkst vielleicht: Wie kann ich dir denn helfen, ich *lese* ja nur. Aber das ist genug. Ich weiß nur nicht, ob ich … Tja. Ich bin noch nicht sicher.

Aber ich muss *etwas* unternehmen, um Jeppe zu stoppen.

Er ist eine Schlupfwespe. Er dringt unbemerkt ein und macht von innen aus alles kaputt.

Letztes Mal waren es meine Grillen, diesmal sind es meine Blattheuschrecken.

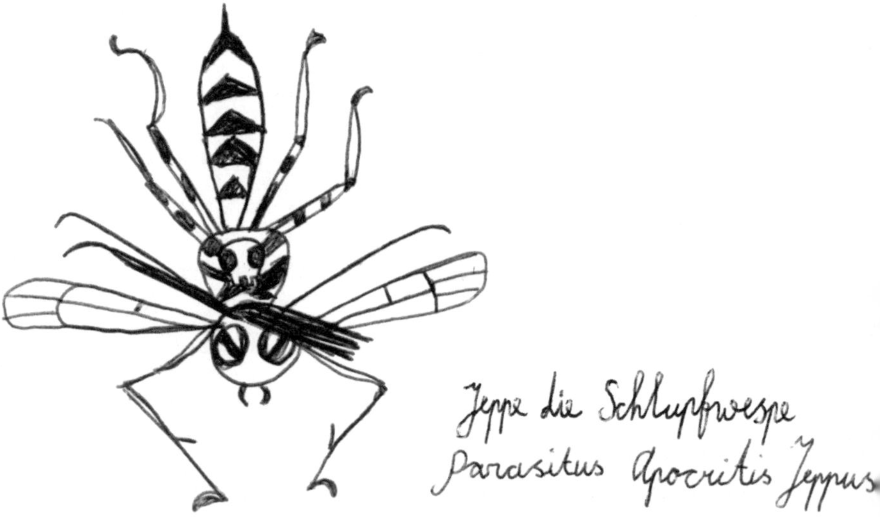

Ich habe mal gesehen, wie eine Schlupfwespe den Stachel in eine Raupe steckte, um Eier abzulegen. Die Raupe krümmte sich und zitterte. Danach kroch sie einfach weiter. Ich habe die Raupe in einem Marmeladenglas mitgenommen, um zu sehen, was passiert. Nach einer Woche war die Raupe plötzlich lahm und einen Tag später platzte sie auf. Kleine Larven krochen heraus. Sie hatten nur ein paar Tage gebraucht, um die Raupe vollkommen leer zu fressen.

Morgen hat sich die Schlupfwespe mit Lieke verabredet. Dann nimmt er sie mit zur Höhle seiner Band.

Dienstag
7. Juni

Ich habe Lieke verloren. Ganz und gar.

Ich habe alles getan, was ich konnte. Ich habe sogar eine Geheimwaffe eingesetzt, und ganz kurz sah es wirklich so aus, als würde sie wieder an meiner Seite stehen. Falsch. Falsch. Falsch.

Heute war so ein Tag, an dem man spürt, dass irgendetwas passieren wird. Es war schwül und die Luft war voller Gewitterfliegen. In der Schule waren alle irgendwie durchgedreht. Auf dem Schulhof kam es zu Raufereien. Und Lieke hatte Krach mit Amber und Anouk. In der Pause spielten die beiden mit einem anderen Mädchen Gummitwist.

Nach der Schule kam Lieke geradewegs auf mich zu und fragte strahlend, ob sie mit mir radeln dürfe, weil sie mit Jeppe verabredet sei.

Wie sie es fragte, hätte keiner »Nein« sagen können.

Sie rannte los, um ihr Fahrrad zu holen. Ich hatte eigentlich wenig Lust, sie direkt in Jeppes Arme zu bringen, aber ich hatte bereits Ja gesagt.

Auf dem Rad fing sie an, mich nach Jeppe auszufragen. Welche Musik er mochte, was sein Lieblingsfilm war, Dinge, die ich eigentlich nicht genau wusste. Ich fuhr immer langsamer. Ich durfte gar nicht daran denken, wie Jeppe uns gleich erwarten würde. Er würde es toll finden, dass ich ihm Lieke übergeben musste.

Als wir fast in meiner Straße waren, radelte sie näher zu mir heran. Mit gedämpfter Stimme fragte sie, wie es nun mit dem Keller sei. Ob ich schon umgezogen sei.

Ich fühlte einen Stich im Bauch. Dachte sie wirklich, ich würde ihm den Keller überlassen? Was hatte ihr Jeppe alles weisgemacht? Ich fauchte sie an, dieser Umzug sei Unsinn. Ich wollte noch mehr sagen, aber es waren nur noch ein paar Meter, bis wir in meine Straße einbiegen würden, wo Jeppe wartete.

Als ich bremste, nuschelte ich, dass meine Schnürsenkel aufgegangen waren und sie solle einfach weiterradeln. Sie sagte Tschüs und verschwand um die Ecke.

Sie war wie eine Fliege, die direkt in ein Spinnennetz flog. Und ich ließ es einfach geschehen.

Ich legte mein Fahrrad auf den Boden und spähte um die Mauerecke, um ihnen nachzuspionieren.

Jeppe saß entspannt auf dem Gepäckträger seines Rads. Lieke hielt neben ihm. Ich konnte sie nicht verstehen. Jeppe lachte und schüttelte den Kopf. Er schwang sich lässig auf seinen Sattel, drehte eine Runde und fuhr ihr voraus. Lieke beeilte sich, ihm zu folgen.

Ich schaute ihnen nach. Jeppe vorgebeugt, Lieke, die gerade mal an die Pedale reichte. Ich hatte das Gefühl, einen Ballon verschluckt zu haben.

Ich beschloss, ihnen nachzufahren. Aber unauffällig. In Tarnfarbe.

Zu Hause stürmte ich sofort hinauf, zog meinen grünen Tarnpullover an und rannte die Treppe wieder hinunter. Im Gang stieß ich mit Mam zusammen. Sie hatte dunkle Ringe unter den Augen. Es war seltsam, dass sie so früh zu Hause war, aber ich hatte keine Zeit, sie deshalb zu fragen.

Ich wollte gerade wieder in den Sattel springen, als ich eine Eingebung hatte.

Jeppe mochte Lieke mit dem Gerede über Singen in seiner Band locken, ich wusste, was sie wirklich liebte. Ich besaß noch eine Geheimwaffe. Was sage ich da: Neun flogen in meinem Keller herum … Sie hatte sie noch immer nicht gesehen. Sie hatten ihre Lieblingsfarbe. Es wird eine tolle Überraschung sein. Sie wird einschlagen wie eine Bombe. Habe ich gedacht.

Kurz darauf saß ich auf dem Rad. In der Vordertasche meines Pullovers ein Marmeladenglas.

Jeppes Band probt in der Scheune eines Bauernhofs, etwas außerhalb des Dorfs. Ich war einmal mit Mam dort, als sie aufgetreten sind.

Ich schoss durch die Straßen, während ich mit einer Hand das Marmeladenglas fest an den Bauch gedrückt hielt.

Ich stellte mir vor, wie Jeppe und Lieke bei der Scheune ankamen. Wie sie zusammen den muffigen, dunklen Raum betraten. Die Jungen von der Band warteten schon. Sie kicherten. Sie stießen einander an und pfiffen leise. Jeppe legte eine Hand auf Liekes Schulter und sagte: »Hier ist unsere neue Sängerin.«

Ich radelte immer schneller.

Ein paar hundert Meter vor dem Bauernhof versteckte ich mein Rad im hohen Gras auf einem Deichhang und ging zu Fuß weiter. Das letzte Stück kroch ich hinter dem Deich entlang, sodass sie mich vom Bauernhaus aus nicht sehen konnten. Ich musste so unsichtbar bleiben wie eine Blattheuschrecke.

Es war eine lästige Kletterei: Der Deich war ziemlich steil und unter mir klaffte der Wassergraben. Es ging auch fast alles schief: Das Marmeladenglas fiel aus meiner Pullovertasche und rollte

Richtung Graben. Ich konnte es gerade noch mit dem Fuß auffangen, aber dadurch geriet ich mit dem Fuß in den Graben und hatte sofort eine klatschnasse Socke. Das Glas war nur an der Unterseite nass geworden. Die Schmetterlinge zitterten ein bisschen, aber zum Glück waren ihre Flügel nicht beschädigt.

Es würde noch ganz schön schwierig werden, vom Deich aus ungesehen die Probescheune zu erreichen. Ich lag auf dem Deich und sah, dass ich den ganzen Hof überqueren musste. Ungeschützt. Es gab nichts, hinter dem ich mich verstecken konnte. Die Probescheune befand sich ganz hinten. Fünf Fahrräder lehnten an der Wand. Eines davon war rosa.

Die Musik wehte mir schon entgegen. Ich lag also da und grübelte, als ich einen Motor rattern hörte. Ich hatte Glück: Ein Traktor mit einem Heuwagen kam an und fuhr den Damm zum Bauernhof entlang. Das war meine Chance. Meine Deckung. Ich zog mir die Kapuze über den Kopf und war bereit, loszurennen. Als der Heuwagen die Auffahrt hochfuhr, sprintete ich hinterher. Mein Schuh quatschte.

Solange ich aufpasste, dass ich hinter dem Wagen blieb, konnte mich der Bauer nicht sehen. Eine Wolke aus Staub und Heuhalmen fiel über mich. (Kitzelt in der Nase!) So, dicht hinter dem Heuwagen, rannte ich auf den Hof. Irgendwo bellte ein Hund, aber ich sah ihn nirgends.

Der Traktor wendete und fuhr an einer großen Scheune entlang. Ich glitt unter das Vordach und kroch neben einer Maschine vorbei. Es roch nach Mist.

Als der Traktor um die Ecke war, schaute ich mich um. Etwas weiter weg stand das Wohnhaus. Soweit ich sehen konnte, war niemand daheim. Zum Glück blieb der Hund still. Aus der Probescheune kamen eine Gitarrenmelodie und Gelächter. Ich war nur noch ein paar Meter entfernt. Ich holte tief Luft und machte mich an die Erkundung.

Auf der Rückseite der Scheune entdeckte ich ein Fenster, es war gekippt. Es war an einer guten, geschützten Stelle. Da standen ein enormes gelbes, rundes Silo an der Mauer und ein paar blaue Plastiktonnen. Würde ich auf eine Tonne steigen, würde ich, ohne gesehen zu werden, durch das Fenster schauen können.

Also stieg ich auf eine Tonne. Der Hund bellte wieder. Mir klopfte das Herz in der Kehle und ich hatte einen trockenen Mund. Mein Schuh stank nach Graben.

Jemand schlug auf das Schlagzeug und sie fingen wieder mit einer Nummer an. Die Musik donnerte über mich hinweg. Ich brauchte keine Angst zu haben, dass sie mich hören würden.

Ich tastete, ob das Marmeladenglas sich noch in meiner Pullovertasche befand. Ich zog die Kapuze noch tiefer ins Gesicht und richtete mich vorsichtig auf, um durch das Fenster zu spähen.

Ich musste wissen, was sie da drinnen ausheckten.

Brauchten sie wirklich eine Sängerin? Nahmen sie Lieke nicht auf den Arm?

In der Scheune war ein Durcheinander aus Kabeln, Verstärkern und Boxen. Drei Jungen standen mit dem Rücken zu mir. Sie spielten Gitarre. Jeppe saß direkt unter meinem Fenster hinter dem Schlagzeug. Sein Kopf nickte im Takt auf und ab. Seine Arme bewegten sich blitzschnell über Trommeln und Becken. Als hätte er nie etwas anderes gemacht. (Warum kann er alles sofort und auf der Stelle? Warum ist er immer so gut in solchen Sachen?)

GRAS
DEICH
HAUS
VORDACH
GROSSE SCHEUNE
WAU!
WAU!
BLAUE TONNEN
SILO

Mitten im Raum saß Lieke auf einem Hocker. Sie war ein bisschen zusammengesunken, mit einem Mikrofon in der Hand. Dass sie zusammengeduckt war, verstand ich. Sogar außerhalb der Scheune taten mir die Ohren weh, drinnen musste es noch viel lauter sein.

Die Musik hörte plötzlich auf. Ich tauchte hinunter.

Ich hörte Jeppe lachen und etwas murmeln. Die anderen Jungen mussten auch laut lachen.

Klar, sie machten Lieke lächerlich. Sie hatten sie erst nervös gemacht und jetzt traute sie sich nicht mehr. Die Band brauchte überhaupt keine Sängerin. Sie hatten sie nur in die Scheune gelockt, um sie auszulachen.

Ich musste etwas tun. Ich musste sie wissen lassen, dass ich da war. Dass ich sie nicht im Stich lassen würde. Dass ich sie nie auslachen würde.

Vorsichtig schob ich mit einer Hand das Fenster ein bisschen weiter auf. Ich schraubte den Deckel vom Marmeladenglas und hielt es an die Öffnung. Eine Sekunde blieben die Schmetterlinge im Glas sitzen. Dann fingen alle zugleich an zu flattern. Das Marmeladenglas schien zu kochen, von unten bis oben rosafarbenes Geflatter. Die Schmetterlinge flogen aus dem Glas, hinein in die Scheune. Es war ein Wunder, dass es kein lauteres Geräusch machte als ein Seufzen.

Ich musste mich beherrschen, nicht sofort hineinzuschauen. Bestimmt zog die Schmetterlingswolke viel Aufmerksamkeit auf sich. Ich drückte mich an die Wand und wartete.

Es blieb still. Niemand sagte etwas. Auch Lieke nicht.

Natürlich schauten alle atemlos hin. Niemand verstand es. Außer Lieke. Die wusste als Einzige, wo diese superbesonderen Schmetterlinge herkamen. Und wer sie für sie gezüchtet hatte.

Ich schmiegte mich tiefer in den Pulli und grinste. Da saß ich nun, auf einer Tonne, an eine Wand gedrückt. So unsichtbar wie eine Blattheuschrecke. Und ich hatte gerade meine Geheimwaffe losgelassen. In diesem Moment wusste ich, dass alles gut werden würde. Lieke stand an meiner Seite. Ich würde den Keller behalten. Jeppe wird stillhalten.

So saß ich da und einen Moment lang war alles gut.

Bis ich eine Stimme hörte, die mir den Atem stocken ließ.

Es war Lieke.

Sie sang.

Und sie sang atemberaubend schön.

Die Musik strömte warm in meine Ohren. Mein Grinsen schmolz. Meine Knochen wurden zu Gummi.

Sie sang auf Englisch. Ich verstand es nicht, aber es musste wohl ums Meer gehen, es konnte gar nicht anders sein. Während ich da auf der Tonne saß, ertrank ich im Meer. Ich versank kopfunter.

Es dauerte ein bisschen, bis ich wieder wusste, wo ich war und was ich gerade tat.

Hatte sie die Schmetterlinge gesehen oder nicht? Ich rappelte mich hoch und spähte durch das Fenster.

Lieke stand vor dem Stuhl, das Mikrofon in der Hand. Die Jungen schauten sie still an. Jeppe saß auf seinem Hocker, als wäre er erfroren.

Erst nach einer Weile entdeckte ich die Schmetterlinge. Sie flatterten in einer Ecke herum, um einen Haufen hingeworfener Jacken. Niemand hatte sie bemerkt.

Lieke sang mit geschlossenen Augen. Sie sang, als wäre sie allein. Sie lächelte. Auf einmal war sie nicht mehr ein normales Mädchen aus meiner Klasse. Sie war Jahre älter.

Sie stand keine zehn Meter von mir entfernt, aber es fühlte sich an wie zehn Kilometer.

Einer der Schmetterlinge flatterte auf sie zu und landete auf ihrer Hand. Sie machte die Augen auf, sah den Schmetterling und hörte sofort auf zu singen.

»Wuuuh!«, schrien die Jungen, und sie klatschten und klatschten und pfiffen auf den Fingern. Der Schmetterling erschrak und flatterte weiter. Lieke folgte ihm mit dem Blick, und einen Moment schien sie taub für den Applaus zu sein. Dann lachte sie, schaute die Jungen an und schlug die Augen nieder. Sie zog die Schultern hoch.

Der Junge, den Jeppe immer den Stier nennt, trat vor und schlug ihr auf die Schulter. Sie sah hoch. Ihre Augen suchten den Schmetterling. Links, rechts … und dann entdeckte sie mich. Sie schaute mich eine Sekunde lang direkt an. Ich legte den Finger auf die Lippen. Sie runzelte die Stirn.

»Willkommen in der Band«, sagte der Stier.

»Ein guter Fang, Jep!«, sagte ein Junge mit einer Gitarre.

Jeppe zuckte mit den Schultern.

Ein Schmetterling landete auf einer der Trommeln. Jeppe holte mit seinem Stock aus. Poff! Es blieb nur wenig übrig. Mit der Hand wischte er die rosafarbenen Reste vom Instrument.

Er schaute umher. Mit einem Ruck drehte er sich zum Fenster um.

Knapp zu spät zog ich den Kopf ein. Fast verlor ich das Gleichgewicht, die Tonne schwankte und das Marmeladenglas zerbrach klatschend auf den Steinen.

Von diesem Moment an ging alles sehr schnell.

»Spinnerling!«, rief Jeppe aus der Scheune.

Ich sprang von der Tonne und begann zu rennen. Über den

Hof. Quatsch-tapp-quatsch-tapp-quatsch-tapp quatschten und stampften meine Schuhe über den Hof.

Aus der großen Scheune stürmte ein Schäferhund an einer Kette. Ich rannte, so schnell ich konnte. Die Kette rasselte und der Hund bellte sich die Lunge aus dem Leib.

Auf dem Damm warf ich einen Blick über meine Schulter. Der Hund stand da, fuchtelte mit den Vorderpfoten durch die Luft, die Kette war straff gespannt. Über den Hof kamen Jeppe und ein anderer Junge und rannten mir nach.

Ich raste den Weg hinauf und rutschte mit meinem glitschigen Schuh fast aus. Quatsch-tapp-quatsch-tapp-quatsch-tapp über den Asphalt. Ich musste mein Fahrrad erreichen.

Die Jungen rannten ebenfalls den Weg hoch.

»He!«, riefen sie. »Bleib stehen, du Feigling!«

Ich riss mein Fahrrad aus dem Straßengraben, sprang auf und raste los. Muskelschmerzen in den Beinen, Seitenstechen.

Sie riefen mir hinterher, aber als ich dann zurückschaute, sah ich sie schon wieder zum Bauernhof schlendern.

Das wäre fast schiefgegangen.

So unsichtbar bin ich also doch nicht.

Gut, was ich wollte, war gelungen, sie hat meine Schmetterlinge gesehen. Aber spielt das noch eine Rolle?

Jeppe hat sie geködert, er hat sie sich unter den Nagel gerissen.

Ganz klar. Lieke ist die neue Sängerin seiner Band. Wie anders sie beim Singen ausgesehen hat. Eine neue Lieke, die ich nicht kenne. Die den kleinen Bruder des Schlagzeugers nicht braucht. Eine neue Lieke, die ich besser aufgebe.

Mittwoch
8. Juni

Mit Blei in den Schuhen radelte ich zur Schule. Auf dem Hof stand eine Gruppe aufgeregter Mädchen. Amber und Anouk waren auch dabei. Als ich näher kam, sah ich, dass sie alle um Lieke herumstanden und sie ausfragten.

Ich stellte mein Rad in den Fahrradständer und versuchte, nicht zu ihr hinzuschauen. Das gelang mir nicht besonders gut, schon gar nicht, als ich sah, dass sie zu mir herschaute. Die Mädchen tanzten um sie herum, ein paar spielten auf unsichtbaren Gitarren. Lieke schien es kaum zu merken. Sie löste sich aus der Gruppe und machte ein paar Schritte in meine Richtung. Ich schaute zur Seite und rannte ins Schulhaus.

»Hidde?«, rief sie mir nach.

Ich tat, als hörte ich sie nicht. Ich hängte meine Jacke auf.

»Warum bist du gestern zur Probe gekommen? Und was war das mit den Schmetterlingen?«

Ich hatte keine Lust, ihr zuzuhören. »Er hat es geschafft, nicht wahr?«, stieß ich aus.

»Wer? Was meinst du?«

»Dich zu ködern. Dich für seine Band zu angeln.«

Sie zog die Brauen hoch. »Tu doch nicht so blöd. Es ist eine sehr gute Band. Und ich will mitmachen.«

Zornig drehte sie sich um und lief ins Klassenzimmer.

Den Rest des Tages haben wir nicht mehr miteinander gesprochen. Auch nicht in der Pause.

Zum Glück war es nur ein kurzer Tag, es war Mittwoch, wir

hatten nachmittags frei. Nach dem Klingeln war ich als Erster draußen.

Zu Hause lief ich geradewegs in den Keller. Ich wollte Jeppe nicht treffen.

Seit gestern versuche ich, ihm aus dem Weg zu gehen.

(Gestern Abend hatte ich zum Beispiel Angst, Jeppe in der Küche zu treffen. Ich habe gewartet, bis ich ihn in seinem Zimmer herumfuhrwerken hörte, habe mir mein Essen geschnappt und bin gleich wieder in den Keller gelaufen. Ich hatte keine Zeit zum Aufwärmen. Bami schmeckt auch kalt sehr gut.

Hier im Keller ist genug zu tun. Aufräumen. Schäden reparieren. Durch den Schlagzeuglärm sind die Spieltreppen der Rosenkäfer eingestürzt.

Ich habe gerade Bambi gefunden! Sie hatte sich in einem Loch in der Mauer versteckt. Ich glaube, sie ist unverletzt, nur ein bisschen verschreckt. Sie ist wie verrückt herumgelaufen, als ich sie fangen wollte.

Bis jetzt ist es ganz ruhig. Keine Schlagzeugbombardierung. Jeppe muss sicher nachsitzen oder so was. Ich kann jetzt hinaufgehen, um mein Essen zu holen.

17:45

Ich hätte besser horchen müssen. Ich hatte den Schuppen gerade verlassen, da griff er nach meiner Kehle.

»Was wolltest du gestern von uns?«, schnaubte Jeppe in mein Gesicht, wobei er mich an die Wand drückte. Sein Atem roch sauer.

»Was meinst du?« Ich versuchte, so unschuldig wie möglich auszusehen.

»Stell dich nicht dumm. Ich habe dich doch gesehen. Was sollte das mit den Schmetterlingen?«

»Schmetterlinge? Keine Ahnung.«

»Ach nein? Sind sie einfach so in die Scheune geflogen?«

»Was für Schmetterlinge?«

»Was weiß ich. Rosa.«

»Hach. Ausgeschlossen. Es gibt keine rosafarbenen Schmetterlinge.« Ich stieß so etwas wie ein Lachen aus. Jeppe packte mich noch fester.

»Ich habe sie doch selbst gesehen. Du hast …«

»Jeppe!«, rief Mam.

Sie stand mit ihrem Fahrrad am Zaun. Wir hatten sie nicht kommen gehört. Wie lange stand sie schon da?

»Was machst du da?«, fragte sie.

Jeppe ließ mich los. »Hast dich erschrocken, was?«, sagte er lachend und wuschelte mir die Haare.

Mam wollte wissen, warum wir gestritten hatten.

Jeppe sagte, es wäre nur ein Spaß gewesen. »Ein Spiel, stimmt doch, Hidde?«

Ich bekam kein Wort heraus. Dass er mich nicht Spinnerling nannte, brachte mich durcheinander.

»Mal ernst, Jeppe. Das hat nicht wie ein Spiel ausgesehen. Und was war das mit den Schmetterlingen?«

»Mam … Warum sollten wir uns wegen Schmetterlingen streiten? Einfach ein Spaß.«

»Stimmt das, Hidde?«

Ich rieb meinen Hals. »Ja, Mam, das war nichts.«

Das habe ich gesagt. Was hätte ich sonst tun sollen? Ich konnte doch nicht alles von den rosafarbenen Schmetterlingen erzählen, von Lieke, vom Keller …

Jeppe legte mir die Hand auf die Schulter, kam mit den Lippen dicht an mein Ohr und flüsterte: »Ich lass dich nicht aus den Augen.« Grinsend lief er ins Haus.

Mam seufzte tief und rieb sich die Nase. »Mir sinkt das Herz noch sonst wohin wegen euch.« (Ich frage mich, was genau passiert, wenn einem das Herz sonst wohin sinkt. Wohin? Bis in den Bauch? Bei Insekten kann sich das Herz nicht senken. Es steckt in dem gepanzerten Hinterleib fest.)

Als sie ihr Fahrrad unter dem Vordach abstellte, murmelte sie, dass sie das nicht aushalte. Dass sie nicht extra früh nach Hause gekommen sei, um sich zu Tode zu erschrecken. Sie sagte, sie brauche Ruhe und so weiter.

20:45

Nach dem Essen habe ich mit Mam ferngesehen. Es war eine blöde Serie über Richter und Rechtsanwälte, aber solange ich bei ihr saß, war ich wenigstens vor Jeppe sicher. Sie hatte den Arm um mich gelegt. Ich schaute auf ihre schlanke Hand auf meiner Schulter. Auf die langen Finger. Der Arm, der auf meiner Schulter lag, wog fast nichts. Wenn ich die Augen zumachte, spürte ich ihn nicht, dann war da kein Arm.

Jeppe kam ins Zimmer und lachte verächtlich, als er uns da sitzen sah. Ich rutschte unter Mams Arm heraus und setzte mich auf die andere Seite des Sofas. Jeppe blätterte in einem Stapel Zeitschriften herum und warf mir ab und zu einen Blick zu.

Das Telefon klingelte. Mam schloss die Augen und rührte sich nicht. Jeppe blätterte weiter.

Das Telefon klingelte wieder. Und noch einmal. Ich ging hin und nahm den Hörer ab. Es war Lieke.

»Hidde? Ich habe noch mal nachgedacht, und … eh …«

Es wurde still. Sie seufzte.

Jetzt kommt's, dachte ich. Gleich wird sie sagen, dass sie es versteht, dass sie die Schmetterlinge toll findet, dass sie begreift, dass ich extra ihretwegen zum Bauernhof gekommen bin …«

»Kann ich kurz mit Jeppe sprechen?«

Ein Schlag in den Magen.

Ich ließ das Telefon sinken.

Jeppe schaute auf. Ich hatte Lust, ihm das Telefon ins Gesicht zu knallen.

Aber das tat ich nicht.

»Für dich«, sagte ich.

Er nahm den Hörer.

In meinem Bauch klopfte es. (Jetzt weiß ich, wie sich ein versunkenes Herz anfühlt.) »Hi, Lieke«, sagte Jeppe und lief, während er sprach, hinaus auf den Gang.

Ich stand mitten im Zimmer und fühlte mich wie die letzte übrig gebliebene Ameise einer Ameisenkolonie. Ganz allein in einem riesigen Ameisenbau mit Tausenden leerer Zimmer.

»Gehst du gleich ins Bett?«, sagte Mam. »Es wird Zeit.«

»Bald …«, murmelte ich.

Ich bin still in den Keller geschlichen.

Ich habe mein Heft genommen. Ich habe angefangen zu schreiben.

Ich habe einen Entschluss gefasst.

Jeppe ist zu weit gegangen. Er macht alles kaputt.

Das ist es, was ich tun werde: Ich werde den Deal brechen.

Ich werde das Geheimnis erzählen.

Dir.

Das wird ihm eine Lektion erteilen.

Und dann bin ich nicht mehr der Einzige, der das Geheimnis mit sich herumträgt. Ich habe einmal geschworen, ich würde das Geheimnis nie weitersagen. Ich durfte den Keller haben. Das würde mir helfen, das Geheimnis zu bewahren. Jetzt jagt Jeppe mich aus dem Keller. Er bombardiert meine Tiere mit Schlagzeugsalven. Und er reißt sich Lieke unter den Nagel. Warum sollte ich mich dann bemühen, es zu hüten?

Hör zu.

Es ist kein einfaches Geheimnis. Ich trage es schon drei Jahre mit mir herum. Es hat angefangen zu stinken.

Ich träume oft davon. Zu oft. Vielleicht hilft es, wenn ich davon erzähle.

Ich hoffe, dass du es erfahren willst. Dass du dich traust, weiterzulesen.

Wir müssen Jeppe stoppen. Jemand muss wissen, was Jeppe getan hat.

Jeppe hat viel kaputt gemacht. Jetzt will er meine Tiere auch noch kaputt machen. Wenn Jeppe weiß, dass sein Geheimnis verraten wurde, wird er Ruhe geben. Das kannst du mir glauben.

Vielleicht denkst du jetzt: Und warum ich? Warum erzählst du es mir?

(Ich habe schon mal daran gedacht, es jemandem zu erzählen. Aber wem? Lieke habe ich verloren. Die Lehrerin würde mich nur seufzend anschauen, mit einem wässrigen Blick, wie alle Lehrerinnen es getan haben, als Ward gestorben ist. Und Mam ... Ihr würde das Herz brechen. Das geht einfach nicht.)

Aber du ... du liest mich – schon bis zu dieser Stelle. An dich kann ich es loswerden. Du hast richtige Hände.

Als ich mit diesem Heft angefangen habe, hätte ich nie gedacht, dass ich es erzählen würde. Ich habe immer versucht, es weit weg zu schieben, damit ich nicht mehr daran denken musste. Wenn ich nachts aufwache, weil ich davon geträumt habe, kneife ich die Augen zu und versuche, es zu verändern, versuche, mir andere Sachen vorzustellen. Dass sein Gesicht nicht diese seltsame Farbe hat, dass er nicht so unheimlich still liegt, sondern dass er einfach schläft und dann die Augen aufmacht.

Ich habe versucht, es zu vergessen, echt. Aber wie schafft man das? Ich kann ein Glühwürmchenblinklicht bauen, ich kann den letzten Goldglänzenden Rosenkäfer der Niederlande finden, ich kann rosafarbene Schmetterlinge züchten, aber einfach eine Erinnerung zu vergessen, das gelingt mir nicht.

Ich weiß es noch. Und jetzt muss ich es erzählen.

Damals, vor drei Jahren, habe ich geschworen, das Geheimnis für mich zu behalten. Für immer.

Ich werde den Eid brechen.

Das zwischen Jeppe und mir ... das ist Krieg.

Und in einem Krieg bricht man ...

Schlagzeugbombardierung! Ausgerechnet jetzt!
Als würde Jeppe spüren, dass ich etwas aushecke.
Meine Ohren tun weh. Die Schlagzeugbombardierung ist lauter als sonst.
Mam ruft etwas. Versucht, ihn zu übertönen. Gelingt kaum.

Die Schlagzeugbombardierung hört auf.

Mam schreit, jetzt wäre Schluss. Wir müssten ins Bett. Beide. Jetzt. Sie würde in fünf Minuten kommen und nachschauen, ob wir drin liegen.

Ich muss wirklich hinauf. Sonst wird sie misstrauisch.

Dann eben morgen.

Morgen werde ich dir alles erzählen.

Alles.

DRECKIGER, HINTERHÄLTIGER SPINNERLING,

ICH WEISS NICHT, WAS FÜR EIN SCHMUTZIGES SPIEL DU SPIELST. ICH WEISS NUR, DASS DU DAMIT AUFHÖRST!
SOFORT.
ICH HÄTTE DEINE TIERE VERBRENNEN KÖNNEN: ESSIG IN DIE BEHÄLTER GIESSEN. ODER BENZIN. ODER SIE ALLE ZERQUETSCHEN.
HAB ICH NICHT GETAN (BIS AUF DIE PAAR WENIGEN, ALS BEISPIEL).
ICH GEBE DIR NOCH 1 CHANCE:
DU HÄLTST DEN MUND, SPINNERLING. DER DEAL GILT EWIG. ABER DASS DU DEN KELLER FÜR DICH HAST, IST NUN ABGELAUFEN.
3 JAHRE = IST MEHR ALS GENUG, MANN.
MAL SEHEN, WIE LANGE DU'S NOCH AUSHÄLTST.
WETTEN, DASS DU GLEICH HEULEND AUS DEM KELLER ZIEHST?
UND WENN DU JE ETWAS ÜBER UNSER GEHEIMNIS SAGST, EGAL OB ZU LIEKE ODER SONST WEM – WENN ICH IN DIESEM HEFT AUCH NUR 1 BUCHSTABEN DARÜBER LESE, ZERTRÜMMERE ICH NICHT NUR DEN KELLER, SONDERN AUCH DICH.

ÜBRIGENS, ICH WEISS NICHT, WAS DU LIEKE ALLES VORMACHST, ABER WENN DU SO DUMM BIST, DER ZIEGE ETWAS ZU ERZÄHLEN, KANN ICH IHR JA AUCH WAS SCHÖNES ERZÄHLEN ... DASS DU VON IHREM LEUCHTENDEN ARSCH TRÄUMST, ZUM BEISPIEL.

WEIL ICH SO LIEB BIN, BEKOMMST DU DEIN HEFT ZURÜCK. ICH KÖNNTE ES AUCH ANZÜNDEN, ABER DANN KANNST DU NICHT MEHR LESEN, WAS ICH DIR SCHREIBE.
UND JETZT KANN ICH DICH WENIGSTENS AB UND ZU KONTROLLIEREN. VERLASS DICH DRAUF, DASS ICH DIESES HEFT FINDE, EGAL WO DU ES VERSTECKST.

SOLANGE DU BRAV NICHTS ÜBER UNSER GEHEIMNIS SCHREIBST, STECKE ICH ES NICHT IN BRAND.

WER IST DIESER »DU«, DEM DU DAS SCHREIBST? EIN FREUND? EINE FREUNDIN? WARUM WILLST DU DIESEM »DU« ALLES ERZÄHLEN? NIEMAND KOMMT DIR ZU HILFE. UND WEISST DU, WARUM NICHT?
WEIL DU KEINE FREUNDE HAST. JA, DEINE VIECHER VIELLEICHT.
UND WENN DIESER »DU« SO DUMM IST, SICH EINZUMISCHEN, MÖCHTE ICH GERN NOCH FOLGENDES SAGEN:

HALLO, DU,

DU WEISST ÜBERHAUPT NICHT, UM WAS ES BEI UNS GEHT. DU HAST NICHTS MIT UNSEREM KRIEG ZU TUN. MANCHE GEHEIMNISSE SOLLTEN BESSER GEHEIM BLEIBEN.
KAPIERT? NEIN? DANN EBEN SO:
WENN DU DEINE NASE IN UNSERE SCHEISSE STECKST, HAST DU SCHEISSE AN DER NASE.

NICHT DASS ES EINE ROLLE SPIELT.
DENN DIESES HEFT GEHT NIRGENDWOHIN. NICHT WAHR, SPINNERLING?
IN EINEM PUNKT HAST DU JEDENFALLS RECHT:
ES IST KRIEG.

IN HASS,
JEPPE

PS: OH, FALLS DU NOCH WISSEN WILLST, WIE ICH DEINE GRÜNEN VIECHER ERTRÄNKT HABE: GARTENSCHLAUCH DURCH DAS GITTER NACH DRINNEN SCHIEBEN.  GLAUB JA NICHT, DASS DU DER EINZIGE KLUGSCHEISSER BIST.

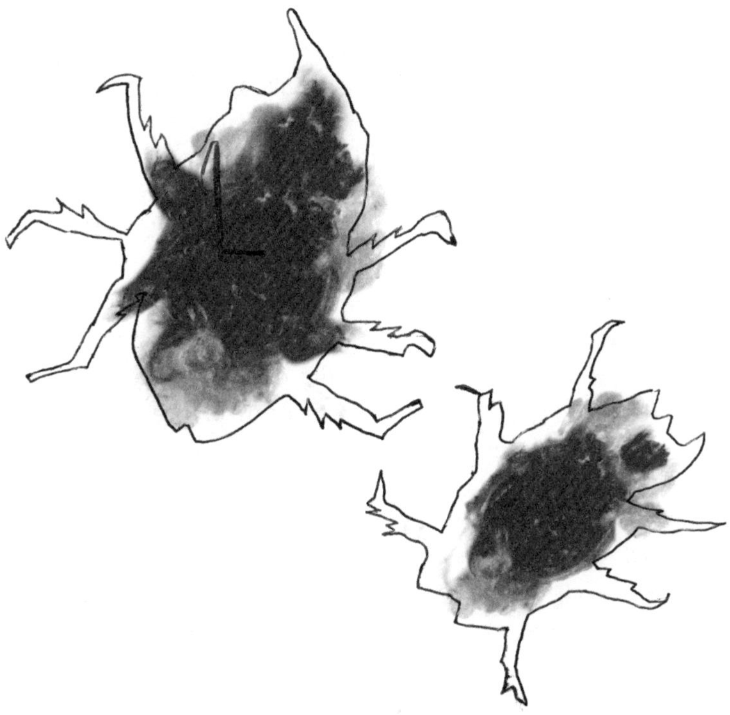

Donnerstagnachmittag
9. Juni

Meine Hände zittern.

Meine Arme auch.

Meine Zähne. Meine Kiefer. Alles.

Was kann ich jetzt noch aufschreiben? Ich bin in meinem eigenen Haus nicht mehr sicher. In meinem Keller bin ich nicht mehr sicher. Und auch nicht in meinem Heft.

Tut mir leid wegen der Flecken. Da hat Jeppe meine Nashornkäfer zerquetscht. Habe sie begraben.

Die Kette war zerbrochen und das Schloss verschwunden. Wie hat er das hingekriegt? Und mein Heft … Dass er dieses Heft benutzt hat, dieses Heft, dem ich schon so viel anvertraut habe, dass er dieses Heft benutzt hat, um meine Tiere zu ermorden …

Während ich das schreibe, schießt mein Blick immer wieder zur Luke und zum Gitter. Ich kann nichts dran ändern.

Wie weiß ich, dass dies sicher ist … dass diese Worte sicher sind?

Wie weiß ich, dass er das nicht lesen wird?

Wie weiß ich, dass er nicht noch mal einbricht? In mein Labor, in mein Heft? Dass er nicht noch weitere Käfer zerquetscht?

Ich kann dir das Geheimnis nicht erzählen.

Es geht nicht.

Ich spüre Jeppes Atem in meinem Nacken. Er steht hinter mir. Auch wenn ich mich hundertmal umdrehe, auch wenn ich mit eigenen Augen sehe, dass ich allein im Keller bin. Jeppe liest mit. Schaut über meine Schulter. Und über deine.

Das Kettenschloss habe ich wieder mit einem Stück dickem Seil zusammengebunden. Es gab nichts Besseres.

Ich muss bald ein neues und festeres Schloss anbringen. Bis dahin … gut aufpassen. Bis dahin kann ich dir das Geheimnis noch nicht erzählen. Erst wenn ich sicher bin, dass dieses Heft nicht in Jeppes Hände gerät.

Ich werde es an einem Ort verstecken, an dem er es nie im Leben findet.

Jeppe mit seinem »dieses Heft geht nirgendwohin«. Pfff.

Er hat keine Ahnung. Du liest es doch gerade, nicht wahr?

Ich schreibe nicht umsonst.

Es ist unangenehm ruhig im Nashornkäferbehälter vor mir auf dem Tisch. Sonst sah man immer ein paar herumlaufen und in der Erde wühlen. Jetzt ist nur noch ein tapferer Nashornkäfer im Behälter. Jeppe hat ihn nicht gefunden, er hat sich gut versteckt, in einer Ecke hinter einem Stück Rinde.

Er verdient einen Namen, dieser letzte Käfer. Etwas Ritterliches. Tiuri oder so …

In der Schule hat Lieke mir dauernd zugelacht. Ich habe mich über mein Buch gebeugt und versucht zu lesen, trotzdem habe ich immer wieder aufgeschaut, als hätte ich eine Schnur am Kopf, an der sie ständig zog. Sie lächelte.

Ich verstehe gut, warum. Sie hat gestern Abend gemütlich mit Jeppe gequatscht. Er hat ihr natürlich alle möglichen dummen Sachen über mich erzählt. Deshalb grinst sie so. Sie glaubt wirklich, dass Jeppe sie mag, und sie kapiert nicht, dass er sich nur so freundlich zeigt, um mich in ein schlechtes Licht zu stellen. Und um ein bisschen Eindruck auf seine Band zu machen, mit seinem »guten Fang«. Wenn sie wüsste, dass Jeppe sie eine »Zicke« nennt.

In der Pause kam sie einfach auf mich zu. Ich bin sofort weggelaufen, ohne sie anzuschauen. Ich hatte keine Lust, mir wieder anzuhören, wie nett mein Bruder ist.

Kurz darauf lachte sie wieder mit Amber und Anouk. Dabei hatte ich gedacht, sie hätten Streit. Ich verstehe Mädchen nicht.

Wieder eine Schlagzeugbombardierung! Tiuri gräbt sich ein … Schnell die anderen Tiere beruhigen …

Es ist wieder still. Das war eine Schlagzeugbombardierung mit Drums *und* mit schrillen Gitarren. Wie schafft er das gleichzeitig? Wie viele Arme hat Jeppe?

BLÖDER SPINNERLING,

WENN DU ES WIRKLICH WISSEN WILLST, ICH HABE 8 ARME:

2 ZUM TROMMELN.

1 UM DAS SEIL DURCHZUSCHNEIDEN.

1 UM DIE LUKE AUFZUZIEHEN.

1 UM IN DEINEN BEHÄLTER ZU GRAPSCHEN UND DEIN HEFT AUSZUGRABEN.

1 UM DIESE BOTSCHAFT ZU SCHREIBEN.

UND 2 UM DICH ZUSAMMENZUSCHLAGEN.

WENN ICH SAGE: DIESES HEFT GEHT NIRGENDWOHIN, MEINE ICH AUCH: DIESES HEFT GEHT NIRGENDWOHIN.

IN EIN PAAR TAGEN KONTROLLIERE ICH DEIN HEFT WIEDER.

UND WENN ICH DANN AUCH NUR 1 BUCHSTABEN ÜBER UNSER GEHEIMNIS LESE, TUE ICH, WAS ICH VERSPROCHEN HABE: (ICH HALTE MICH AN MEINE VERSPRECHEN.) ICH ZÜNDE DIESES HEFT AN.

ICH SCHLAGE DICH ZUSAMMEN (UND DIESMAL WIRST DU NICHT VON MAM GERETTET, DAFÜR WERDE ICH SORGEN).

MAL SEHEN, OB DU ES ENDLICH KAPIERST.

NACH DIESEM WOCHENENDE IST ALLES FERTIG.

DANN KOMME ICH.

DANN GEHÖRT DER KELLER MIR.

TROTZDEM GRÜSSE,

JEPPE

PS: ICH HABE MIT LIEKE NICHT »GEMÜTLICH« GEQUATSCHT. UND SIE IST KEINE ZICKE, SIE IST EINE SCHLAPPE TRINE. ICH VERSTEHE AUCH NICHTS VON MÄDCHEN.

Freitag
10. Juni

So fand ich mein Heft vor.

Das Seil war also durchgeschnitten.

Er hatte das Heft im Behälter der Rosenkäfer entdeckt, in einer Plastiktüte unter dem Sand eingegraben. Zwei Rosenkäfer tot, der Rest sehr gestresst. Die Behälter der Heuschrecken und der Grillen waren auch durchwühlt. Zwölf Verletzte. Vier Tote.

~~Viel Trommelbomb~~

~~Bekommst du das hier jemals zu lesen?~~

Warum schreibt Jeppe, dass er nichts von Mädchen versteht? Das ist die einzige Ähnlichkeit zwischen uns. Dass wir nichts von Mädchen verstehen.

~~Wenn er nicht gemütlich mit Lieke gequatscht hat, warum hat sie in der Schule dann so gelacht? Nach dem Wochenende muss ich sie das fragen. Oder lügt Jeppe ganz einfach~~

Gestern hat Lieke mich noch ausgelacht. Heute hat sie mich hinter einem vorgehaltenen Buch beobachtet. Sie sah böse aus. Als ich zum Klo ging, kam sie mir auf den Gang hinterher. Sie legte eine Hand auf meine Schulter. »Hidde …«, fing sie an, »warum …« Aber ich schüttelte sie ab. Sie stemmte die Hände in die Seiten und schaute mich weiter an. Ihr Blick brannte wie Brennnesseln. Ich lief in die Jungentoilette und schlug die Tür zu. Sie wollte mich fragen, ob ich wirklich geträumt hatte, von ~~ihren leuchtenden Pobacken. Glaube ich. Jeppe hat es bestimmt verraten. Dieser Heuchler. Ich könnte ihn~~

Ich kann nicht mehr schreiben.

Jeppe wird in ein paar Tagen das hier bestimmt lesen.

Dieses Papier ist nicht sicher. Es gehört nicht mehr mir.

Ich werde meine Gedanken nicht mehr los. Kann nicht mehr nachdenken.

Als würde ich ersticken.

Solange es nicht sicher ist, kann ich nichts tun.

Ich halte es nicht mehr aus.

Niemand hält das aus.

Man sagt: das Recht des Stärkeren. Starke Tiere überleben, schwache sterben aus. Dodos, Säbelzahntiger, Juchtenkäfer. Die habe ich nie gesehen, nur auf Bildern.

Auf Papier stirbt niemand aus.

Ich muss mich von meinen Tieren verabschieden.

Ich werde sie zeichnen, damit sie auf jeden Fall in diesem Heft weiterbestehen.

Damit wir sie nie vergessen.

So sah meine Gottesanbeterin aus:

Leb wohl, Jackie

Samstag
11. Juni

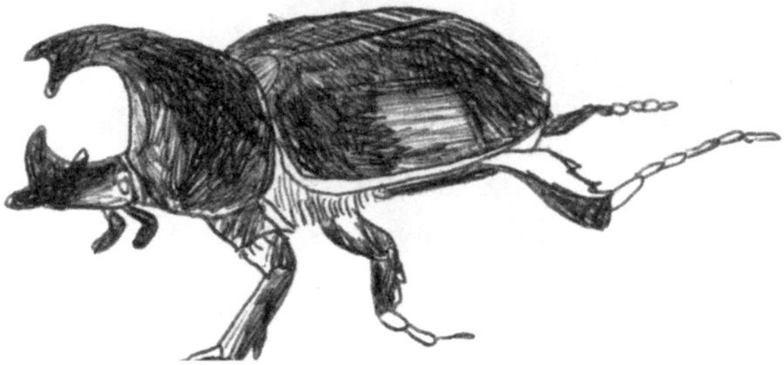

Tiuri
der allerletzte Nashornkäfer.
Überlebender von Jippes großem
Abschlachten.

Sonntag
12. Juni

Leb wohl, Totengräberchen

Montag
13. Juni

Jeppe? Wenn du das hier liest: Ich weiß, dass du heute in den Keller willst, aber ich bitte dich: Gib mir noch einen Tag. Tessa hat Eier gelegt. Morgen müssen die Käfer schlüpfen. Endlich legt der letzte Goldglänzende Rosenkäfer der Niederlande Eier, und dann muss er weg.

Bitte, Jep, warte noch einen Tag. Damit die Käfer schlüpfen können. Bitte. Du bist mein Bruder. Gib mir nur noch einen einzigen Tag.

Tessa
letzter Goldglänzender Rosenkäfer

GUT SO, SPINNERLING!

BRAV. ICH GLAUBE, DU HAST ES ENDLICH KAPIERT.

DAS IST GUT, JUNGE. ICH GEBE DIR NOCH EINEN TAG: UND DU HAST GLÜCK, DENN MORGEN MUSS ICH DEN GANZEN NACHMITTAG PROBEN, ALSO GEBE ICH DIR SOGAR ZWEI TAGE. LIEB VON MIR, GELL.

DA KANNST DU GEMÜTLICH DEINE EIER BEOBACHTEN.

ABER AM MITTWOCH KOMME ICH WIRKLICH. MIT DEM SCHLAGZEUG, MEINEN GITARREN, DEM GANZEN ZEUG. ALSO HAST DU NOCH BIS MITTWOCH ZEIT, UM DEINEN MIST AUFZURÄUMEN UND DICH VON DEINEN WÜRMERN ZU VERABSCHIEDEN (SCHLUCHZ, SCHLUCHZ).

IN ORDNUNG. DU DARFST DEIN HEFT BEHALTEN. DU HAST BRAV DEN MUND GEHALTEN. UND ES WÄRE SCHADE UM DEINE ZEICHNUNGEN.

SIEHST DU JETZT, DASS ICH GAR NICHT SO GEMEIN BIN?

WENN DU NUR TUST, WAS ICH SAGE.

ICH HABE DEN KRIEG NICHT UNBEDINGT GEWOLLT. ABER WENN DU PLÖTZLICH SAGST, DU WILLST DEIN VERSPRECHEN BRECHEN, WAS SOLL ICH DANN TUN? EIGENTLICH BIST DU WITZIGER, BRUDER.

~~WIR HÄTTEN DEN KELLER NIE~~

DU WIRST SEHEN, WENN DU DEINE TIERE BALD VERGESSEN HAST UND DER KELLER EIN PRIMA MUSIKKELLER IST, WIRD ALLES GUT.

VIELLEICHT DARFST DU JA AUCH MANCHMAL KOMMEN UND ZUHÖREN. WER WEISS, VIELLEICHT GEBE ICH DIR SOGAR UNTERRICHT IM SCHLAGZEUGSPIELEN. DIR EIN BISSCHEN RHYTHMUSGEFÜHL BEIBRINGEN.

WENN DU NICHT SO EIN NERD WÄRST, KÖNNTEN WIR AB UND ZU ZUSAMMEN SPIELEN.

DEIN BRUDER

Dienstagnachmittag
14. Juni

Pfff. Was für ein Ekel. Er glaubt wirklich, dass ich aufgebe. Dass er den Keller übernehmen kann. Nun, Jeppe: Vergiss es!

Ja, ich kann endlich wieder schreiben. Ich kann wieder atmen.

Ich habe nämlich ein neues Schloss gekauft. Dieses Heft ist wieder sicher!

Das mit dem Abschiednehmen von meinen Insekten habe ich natürlich nicht ernst gemeint. Ich durchschaue Jeppe. Es ist seine Schlupfwespentaktik. Deshalb hat er das Heft nicht weggeworfen, sondern es mir immer zurückgegeben. Das sieht netter aus, ist es aber NICHT.

Er will lieber, dass ich weiterschreibe, damit er ab und zu einbrechen kann, um zu kontrollieren, ob ich schon etwas erzählt habe, und um mich zu bedrohen. So lange, bis ich aufgebe.

Das ist die Schlupfwespentaktik. Genau wie eine Schlupfwespe Eier in einer Raupe ablegt, hinterlässt Jeppe ab und zu eine Botschaft. Ein Ei voller Angst. Er hofft, dass das Ei wachsen wird. Dass eine Larve herauskommt, die ständig ruft: »Pass auf, Jeppe ist stärker.« Eine Larve, die mich von innen auffrisst. Damit ich am Ende denke: Es hat keinen Sinn, sich zu wehren. Der Keller gehört ihm. Das will er. Dass ich wie diese Raupe eines Tages ganz gelähmt bin. Leer gefressen. Dass ich wie ein Zombie sage: Ich hab's kapiert, Jeppe, du hast gewonnen.

Von wegen, Jeppe. Ich hab dich durchschaut. Und ich habe mitgespielt. Jetzt habe ich ein neues Schloss. Du brauchst nicht zu denken, ich hätte aufgegeben.

Ich habe meine Bücher und Zeichnungen sogar schon so aufgeräumt, um Jeppe glauben zu lassen, ich würde aufgeben. Um mir noch ein bisschen Zeit zu verschaffen. Um dafür zu sorgen, dass Jeppe mein Heft nicht anzündet, bis ich ein neues Schloss habe.

Und das hat lange gedauert. Am Sonntag war das Eisenwarengeschäft natürlich zu, aber Montag auch! Ich stand gestern vor einer verschlossenen Tür. Erst dachte ich, es wäre alles verloren. Jeppe würde an diesem Nachmittag schon kommen. Ich musste einen Aufschub kriegen, ich musste mir etwas ausdenken, und dann kam ich auf die Ausrede mit Tessas Eiern.

Gut, dass er drauf reingefallen ist. Du hast doch bestimmt gewusst, dass das Blödsinn ist. Ich habe nur einen Goldglänzenden Rosenkäfer. Tessa ist der letzte der Niederlande. Wie kann sie ganz allein Eier legen!

Heute Nachmittag hat mich die Lehrerin schon eine Stunde eher heimgehen lassen. (Ich habe gesagt, ich hätte Bauchweh.) Und dann bin ich schnell zum Eisenwarengeschäft geradelt.

Der Verkäufer zog die Augenbrauen hoch, als ich das schwere Kettenschloss mit einem Knall auf die Theke legte.

»Das ist ein Schloss für ein Motorrad, Junge«, sagte er.

»Oh.«

»Du hast doch noch kein Motorrad, oder?«

»Nein.«

»Weißt du, was du brauchst …«, sagte der Verkäufer und nahm ein knallgelbes Nummernschloss von der Wand. »Ist das nicht schön?«

»Nein, ich brauche das da«, sagte ich. Der Verkäufer sagte nichts mehr.

Das Schloss war teuer. Ich habe die Luke gerade damit abgeschlossen. Es müsste wohl mit dem Teufel zugehen, wenn Jeppe das Schloss durchschneiden könnte. Morgen wird er große Augen machen, wenn er in den Keller will …

Ich habe noch nichts vom Wochenende erzählt. Oder darüber, was am Montag auf dem Schulhof passiert ist.

Es war ein Scheißwochenende. Es war schlimm, dass ich nicht schreiben und dir was erzählen konnte. Und Lieke lag mir schwer im Magen.

Abends konnte ich fast nicht einschlafen. Dann sah ich Bilder der letzten Tage vor mir: Lieke an ihrem Tisch, wie sie mich auslachte. Lieke vor der Toilette, die Hände in die Seiten gestemmt und mit Augen wie Brennnesseln. Lieke, die in der Probescheune sang, während ein rosafarbener Schmetterling auf ihrem Arm landete. War das alles umsonst? Ich habe versucht, sie aus meinem Kopf zu jagen, aber sie flatterte immer wieder zurück. Dass ich sie ganz verloren habe, stimmt einfach nicht.

Warum hat Lieke am Donnerstag gelacht, während Jeppe sie eine Zicke und eine schlaffe Trine nannte? Nahm er sie so auf den Arm? Dann musste ich sie warnen. Aber wie? Ich habe nicht mehr mit ihr gesprochen, ich bin immer böse weggelaufen, habe ihr sogar die Tür vor der Nase zugehauen. Wenn ich wieder mit ihr reden würde, würde sie mich auslachen wegen meines seltsamen Traums. Ich wusste nicht weiter. Alles drehte sich nur um Lieke.

Montagmorgen traf ich sie an der Garderobe. Ich wusste nicht genau, wie ich anfangen sollte. Vorsichtig sagte ich: »Hi.«

Sie schaute erstaunt zur Seite. »Du redest doch nicht mehr mit mir, oder?«

Ich bekam sofort einen roten Kopf. Ich sagte leise: »Jetzt doch wieder. Jetzt sage ich Hi.«

Sie blies sich eine Locke aus der Stirn und seufzte. »Ich verstehe Jungen nicht.« Sie drehte sich um und wollte weglaufen.

»Wie war es letzten Samstag bei der Band?«, fragte ich noch.

Sie drehte sich wieder um. Sie sah erschrocken aus. Sie wollte etwas sagen, machte den Mund aber gleich wieder zu.

»Erzählt Jeppe dir denn nichts?«, fragte sie.

Da tauchten Amber und Anouk hinter ihr auf und zogen sie in die Klasse.

In der Mathestunde habe ich ein Briefchen geschrieben. Mit einer Zeichnung. (Lieke gefallen meine Zeichnungen, jedenfalls hat sie das beim letzten Mal gesagt.) Das Briefchen sah so aus:

Sie las das Briefchen und steckte es schnell weg. Einen Moment lang fing ich ihren Blick auf. Sie lachte nicht. Ich wusste nicht, was ich davon halten sollte.

In der Pause ging ich zu ihr. Sie stand mit Amber und Anouk zusammen, aber ich versuchte, mir nichts daraus zu machen. Ich musste wissen, was los war.

Natürlich fingen Amber und Anouk an zu kichern, als ich näher kam.

Lieke biss sich auf die Lippe.

»Ich bin raus aus der Band«, sagte sie.

Mein Herz machte einen Sprung.

Als ich sie fragte, warum, sagte sie: »Es war zu kompliziert.«

»Das Leben einer Sängerin ist sehr schwer«, sagte Amber.

Lieke gab ihr einen Stoß und sagte, so schlimm wäre es nicht. Sie erklärte, dass jeder in der Schule sich plötzlich anders zu ihr verhalten würde. Entweder waren sie betont freundlich oder sie fingen an zu streiten.

»Ich halte Streiten nicht aus«, sagte sie und warf einen Blick auf Amber.

Amber sagte, es wäre umgekehrt, Lieke würde sich plötzlich anders verhalten, weil sie Sängerin geworden sei. Lieke fand das gar nicht.

Anouk sagte, es wäre Stress. Sie legte einen Arm um Liekes Schulter. Lieke schüttelte den Arm sofort wieder ab und sagte, das sei doch Blödsinn, weil sie ja nur einen Tag in der Band war. Sie sagte noch, dass sie meinen Bruder nett finde, aber die anderen Jungen nicht. Sie würden sich gegenseitig anschreien und auf den Boden spucken.

Ich fragte, wann sie aufgehört hatte.

»Am Mittwoch. Ich habe euch abends angerufen, weißt du noch? Ich dachte, dass danach alles wieder gut würde. Bei den meisten war das auch so. Nur du hast dich weiter angestellt.«

Sechs Augen starrten mich an. Lieke hatte recht.

Ich könnte mich selbst in den Hintern treten. Ich wollte so klein werden wie eine Ameise und zwischen den Steinen davonkrabbeln.

»Sorry.« Ich schaute auf den Boden. Dann stotterte ich: »Ich habe gedacht, dass du und Jeppe … Ich habe gedacht, alles wäre umsonst gewesen.«

»Was meinst du?«, fragte Lieke.

Ich schaute zu Amber und Anouk. Ich riskierte es, Lieke hatte bestimmt nichts von dem rosafarbenen Schwarm erzählt, nur sie allein würde es begreifen. Also sagte ich leise: »Ich meine eigentlich meine Schmetterlinge.«

Amber und Anouk fingen an zu lachen. Ich verstand es nicht. Hatte Lieke doch etwas erzählt? Aber warum war das dann so witzig?

Lieke wurde feuerrot. Sie schubste die Mädchen. »Stellt euch doch nicht so an. Er meint echte Schmetterlinge …«

Aber Amber und Anouk hörten schon nicht mehr zu. Sie bogen sich vor Lachen und verzogen sich nach hinten, zum Zaun. Sie tuschelten und drängten sich dicht aneinander. Es erinnerte an das Gewimmel meiner Rosenkäfer.

Lieke schaute ihnen nach und seufzte. Sie kam etwas näher zu mir. »Die Schmetterlinge, die du bei meinem Vorsingen freigelassen hast … Das waren doch die, die du mir damals im Keller zeigen wolltest, oder?«

Ich nickte.

Sie sprach weiter. »Ich fand sie ganz toll. Erst dachte ich, die Schmetterlinge wären gekommen, um mir Glück zu wünschen. Aber am Tag danach warst du in der Schule böse, weil ich zur Band gegangen war. Ich habe es nicht verstanden.«

Sie zupfte sich an den Haaren und wurde leiser. »Da dachte

ich: Nein, es war, um mir zu zeigen, dass du mich nett findest. Weil du mit mir zusammen sein willst. Also habe ich gewartet. Aber bis heute warst du nur böse und wolltest nicht mit mir sprechen!«

Mir klappte der Mund auf.

Ich wollte etwas sagen, aber aus meinem Mund kam nur Gegurgel.

»Ja, nein, jetzt mag ich nicht mehr«, sagte sie.

Sie drehte sich um und rannte zu Amber und Anouk und verschwand in dem kichernden Häufchen.

Ich wurde immer kleiner.

Deshalb hat sie also an jenem Morgen gelacht.

Ich hab's gehörig versaut.

Dieser Krieg hat meinen ganzen Körper in Besitz genommen. Ich kann nicht mehr normal denken. Wenn Lieke lacht, denke ich sofort, sie lacht mich aus. Wenn sie Jeppe anruft, denke ich gleich, dass über mich geklatscht wird.

Ich hatte Lieke einfach aufgegeben. Von einem Moment auf den anderen. Weil ich dachte, sie will nichts mehr von mir wissen, weil sie in Jeppes Band singen würde. Aber sie hatte schon damit aufgehört. Auch weil ich mich so seltsam verhalten hatte. Sie hatte auch meinetwegen aufgehört.

Wenn ich nicht so blind gewesen wäre, wenn ich sie nicht aufgegeben hätte, wäre ich jetzt mit ihr zusammen. Die rosafarbenen Schmetterlinge hatten also doch gewirkt. »Ich fand sie ganz toll«, hat sie gesagt.

Wegen meiner Insekten, wegen meiner Schmetterlingszüchtung wären wir fast zusammen gewesen. Fast.

Ich bin nicht allein. Zusammen mit meinen Insekten kann ich sehr viel.

Mittwoch
15. Juni

Heute kommt er.

Es ist jetzt 12:45. Wie eine Kreuzspinne sitze ich hier im Keller und beobachte die Luke. Jeppe ist noch nicht hier gewesen. Er hat das neue Schloss noch nicht entdeckt.

Heute Nacht hatte ich einen Albtraum. Es war einer, den ich schon öfter geträumt hatte. Er handelt vom Keller, vom halben Drachen und ein paar Dingen, über die ich lieber nicht reden möchte.

Ich habe gesagt, dass ich dir das Geheimnis erzählen werde. Das war vor den Einbrüchen in dieses Heft. Vor dem Zerquetschen der Nashornkäfer. Und der Grillen. Und der Heuschrecken. Und der Rosenkäfer. Und, oh ja, meine Blattheuschrecken hat er auch ersäuft. Dieser Krieg hat schon viele Opfer gefordert.

Als ich sagte, ich würde dir das Geheimnis erzählen, war ich richtig wütend wegen dem Generve, wegen der Schlagzeugbombardierungen, wegen Lieke. Ich dachte, Jeppe hätte sie sich mit seiner Band unter den Nagel gerissen.

Aber die Dinge liegen anders.

Jeppe hat sie sich nicht unter den Nagel gerissen. Das hat er wohl vorgehabt, sie wollte aber nicht mehr mitmachen.

Doch das wusste ich damals nicht. In mir knisterte und loderte es. Ich wollte etwas gegen Jeppe tun. Irgendetwas.

Vielleicht habe ich gehofft, er würde erschrecken, wenn ich sagen könnte: »Ich habe dein Geheimnis verraten.«

Dass er sich dann zurückziehen würde. Dass er Lieke gehen lassen würde. Dass er in seine Muschel kriechen und der ganze Krieg ein Ende finden würde.

Aber Jeppe erschrickt nicht. Er bekommt keine Angst. Nur Wut.

Es funktioniert nicht. Nicht wie ich gehofft habe.

Drohen hat bis jetzt ganz gut gewirkt. Aber wenn ich es wirklich erzähle … Dann geht viel kaputt. Möchte ich das wirklich?

Vielleicht in ein paar Tagen. In einer Woche.

Ich weiß nicht, wohin dieser Krieg führt. Ich weiß nicht, wie weit Jeppe mich noch treibt.

13:02

Noch immer kein Geräusch. Es kann leicht noch eine Stunde dauern. Jeppe hat an normalen Mittwochen immer viel später aus als ich. Aber heute ist kein normaler Mittwoch.

Es ist sehr seltsam, einfach in die Schule gehen zu müssen, wenn man mitten im Krieg steckt. Ich hatte heute keinen klaren Kopf. Ich dachte nur an Jeppe und an die Verteidigung meines Kellers.

Normalerweise bin ich in Rechnen immer als einer der Ersten fertig. Heute nicht. Ich saß über meinen Tisch gebeugt und beschäftigte mich nicht mit Rechenaufgaben. Ich zeichnete mein Heft voll mit Fallen und entwarf Geheimwaffen. Ich war so in meine Zeichnungen vertieft, dass ich nicht merkte, was um mich herum passierte.

Als ich aufschaute, sah ich Bor neben Liekes Tisch stehen. Er erklärte ihr, wie das mit den Brüchen ging.

Wenn Lieke eine Rechenaufgabe nicht schafft, fragt sie normalerweise mich. Ich kann es ihr meistens gut erklären.

Bor machte große Handbewegungen und tat, als würde er eine Torte in Stücke schneiden. Zur Hälfte, in Viertel, in Achtel. Er reichte ihr und sich selbst ein Stück Lufttorte. Lieke grinste. Sie strich sich die Haare hinters Ohr.

Als Bor zu seinem Tisch zurückging, schob ich einen Fuß hinaus. Es ging von ganz allein. Ich dachte nicht darüber nach. Bor stolperte und musste sich an meinem Tisch festhalten.

»Warum hast du das getan?«, fragte Bor.

Ich sagte, es wäre ein Versehen gewesen. Er rieb sich über sein Handgelenk und sah meine Zeichnung.

»Du rechnest überhaupt nicht«, sagte er.

»Du doch auch nicht«, sagte ich, »du verteilst Torten.«

Ich muss warten. Das Schloss ist noch fest und sicher.

Ich habe Butterbrote dabei. Ich habe eine Wasserpistole voller Limonade. Ich habe ein Gefäß voller Wespen und eines voller Ameisen.

Gleich wird Jeppe erscheinen. Er wird ganz schön toben.

Ich muss durchhalten. Jedenfalls bis Mam nach Hause kommt.

Mittwochnachmittag
15. Juni – Der Kampf um den Keller

Um halb vier hörte ich die Schuppentür knarren und aufgehen. Ich verschanzte mich hinter einem Stuhl und richtete meine Limonadenpistole auf den Spalt, hinter dem Jeppes Kopf erscheinen würde.

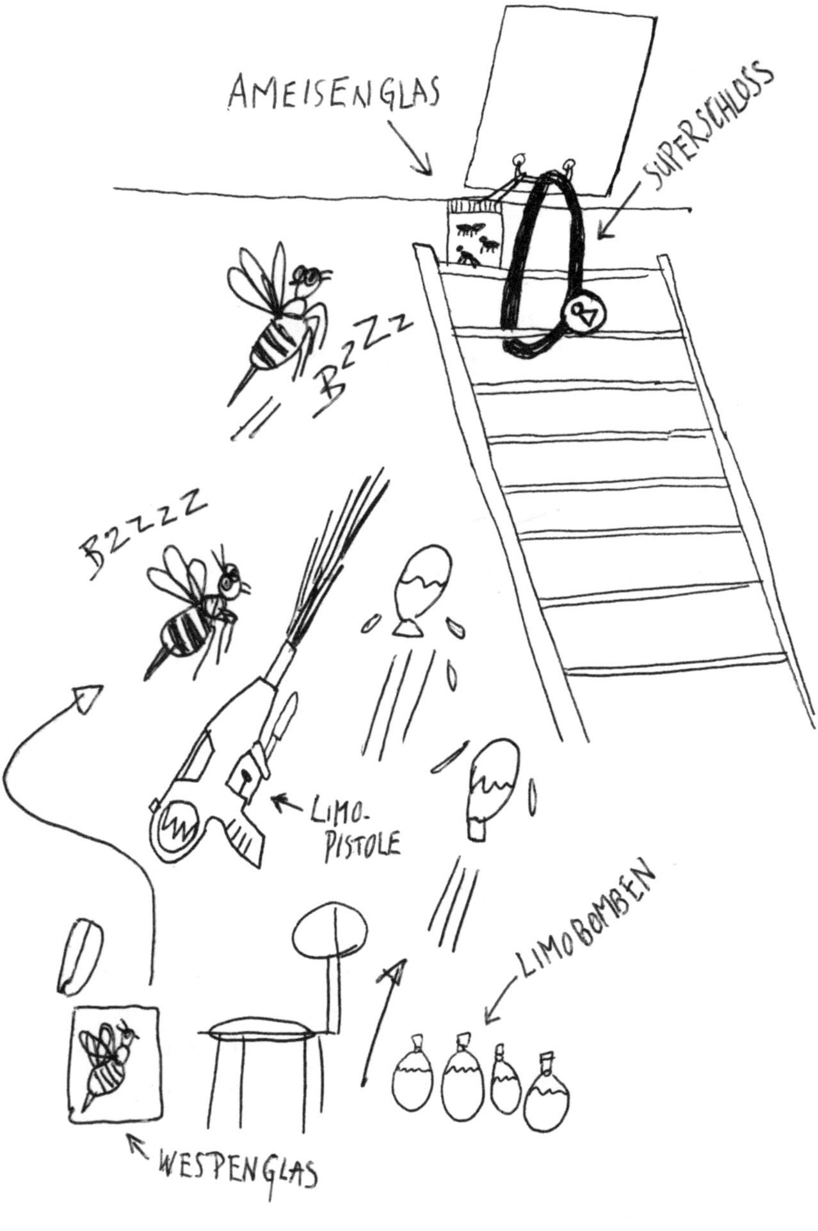
AMEISENGLAS
SUPERSCHLOSS
BZZZ
BZZZZ
LIMO-
PISTOLE
LIMOBOMBEN
WESPENGLAS

»Spinnerling?«

Ich hielt die Luft an.

»Spinnerling? Hilf mir, das Schlagzeug zu tragen. Spinnerling?«

Die Luke bewegte sich. Ich machte den Deckel von meinem Ameisenglas ab. »Attacke …«, flüsterte ich meinen roten Soldaten zu.

Die Luke ging ein Stück nach oben, blieb dann aber stecken. Jeppe zog noch einmal und noch einmal. Die Kette klirrte und schepperte, und die Stufe, an der die Kette festsaß, knarrte gefährlich.

»Was hast du jetzt ausgeheckt?« Jeppes Gesicht erschien in der Öffnung. Er sah so erstaunt aus, dass ich lachen musste. Und ich bekam einen Schluckauf. Oder so was Ähnliches.

Erst wusste er nicht, was er sagen sollte. Dann platzte er.

Er schimpfte und schrie, er nannte mich einen Verräter, er lief rot an, er fluchte, er lief lila an, Spucketropfen sprühten auf die Treppenstufen. Er war kein Bruder mehr, er war ein Monster, das sich schreiend durch den Spalt zu quetschen versuchte. Plötzlich griff er nach seiner Wange und zupfte eine Ameise ab. Jetzt spuckte er fast Feuer. Er stampfte davon und schob kurz darauf einen dicken Balken zwischen die Luke und den Rand und fing an zu hebeln. Die ganze Treppe knarrte.

Ich rief, er solle aufhören. Ich hätte noch weitere Waffen.

Jeppe rüttelte weiter. Die Luke verbog sich ein bisschen. Jeppe versuchte, sie mit den Händen weiter aufzuziehen. Ich sprühte Limonade auf seine Hände und ließ ein paar Wespen frei. Nur eine flog nach oben, der Rest kreiste um meine Wasserpistole. Das funktionierte also nicht. Ich warf die Pistole weg.

Die Luke fiel zu. Jeppe zog sich zurück.

Es war wieder still, bis auf das Zirpen der Grillen.

Ich horchte, hörte aber kein Geräusch mehr aus dem Schuppen. Auch durch das Abhörrohr hörte ich nichts.

Mein Herz klopfte, als hätte ich ein Schlagzeug in der Brust.

Ich holte meine weiteren Waffen hervor: einen Vorrat an Limonadebomben. Ich kauerte mich hinter den Stuhl und wartete auf den nächsten Angriff.

Noch immer war nichts aus dem Schuppen zu hören. Nur ein anderes Geräusch. Ein leichtes Zischen. Und Plätschern. Um meine Schuhe entdeckte ich plötzlich eine dunkle Pfütze. Erst dachte ich, ich hätte in die Hose gepinkelt, doch als ich mich umdrehte, sah ich, woher es kam.

Die Spitze des Gartenschlauchs hing durch das Gitter herein und wehte spritzend hin und her. Wie eine gelbe Kobra versprühte sie Wasser über den Boden, über den Tisch, in die Behälter. Das Schneckenglas lief schon über.

Ich rannte hin und versuchte, die Schlange zu packen. Sie drehte sich und rutschte mir immer wieder aus der Hand, ich wurde klatschnass. Endlich erwischte ich sie, zog die Schlange herein und richtete den Strahl auf Jeppes Beine hinter dem Gitter. Es gab einen Ruck an der Schlange, sie wurde mir aus den Händen gerissen und rutschte durch das Gitter wieder hinaus. Jeppe taumelte rückwärts, auf den Hintern, und fluchte.

»Was machst du da?«

Es war die Stimme eines Mädchens.

Einen Moment blieb es still. Die Kobra kam nicht zurück.

»Ich?«, sagte Jeppe.

»Ja, du«, sagte die Mädchenstimme.

Wer es war, wusste ich nicht, aber das Mädchen hatte mich

vorerst gerettet und lenkte ihn ab. Mein Pulli klebte an meinem Körper. Der Boden war klatschnass. Ich fischte schnell die Schnecken aus dem Glas und setzte sie zu den Regenwürmern.

Das Mädchen fragte wieder etwas, ich konnte es nicht verstehen.

Ich spähte durch das Gitter. Es war Bors Schwester. Das Mädchen mit den dunklen Locken. Sie stand auf der anderen Straßenseite.

»Nein … nicht wirklich den Bürgersteig«, stotterte Jeppe. »Ich meine den Vorgarten, ich muss den Vorgarten gießen.«

Er saß noch immer auf dem Boden, den Gartenschlauch in der Hand.

»Machst du das im Sitzen?«, fragte das Mädchen.

Jeppe lachte. »Warum nicht?«

»Na ja …«, sagte das Mädchen.

Plötzlich sprang Jeppe auf.

»Weil du dann einen nassen Hintern bekommst, zum Beispiel.« Das Mädchen kicherte.

Jeppe zupfte an seiner Hose und lachte auch.

»Nicht so schlau, was … Jeppe, so heißt du doch, oder?«

»Stimmt«, brummte Jeppe.

»Ich heiße Rosa«, sagte das Mädchen. Jeppe lächelte.

Plötzlich verschwand sein Lächeln. Er sah etwas, weiter oben auf der Straße, ich konnte nicht erkennen, was es war. Also stieg ich auf einen Stuhl.

Das hätte ich besser nicht getan.

Jeppe richtete den Gartenschlauch wieder auf das Gitter und ich bekam die volle Ladung mitten ins Gesicht. Ich suchte etwas, um den Strahl zu bremsen, fand aber nichts anderes als den Deckel des Rosenkäferglases. Den drückte ich gegen das Gitter.

Wasser platschte über den Deckelrand, aber jedenfalls wurden auf diese Art meine Tiere nicht getroffen.

»Schatz …« Es war Mam. »Sprengst du freiwillig den Vorgarten?«

Jeppe nuschelte etwas.

»Ganz freiwillig?«, fragte Mam noch einmal. Ihre Stimme zitterte.

»Wenn ich euch nicht hätte … Komm her.«

»Mam, lass mich los. Ich bin am Sprengen.«

Jeppe stöhnte.

»Sie haben mich heimgeschickt«, sagte Mam plötzlich. »Wie findest du das? Erst mal zu mir selbst kommen, hat mein Abteilungsleiter gesagt.«

Inzwischen wurde die Pfütze auf dem Boden immer größer.

»Mam … lass mich los«, fauchte Jeppe. »Mam!«

»Oh, tut mir leid.«

Der Wasserfall hörte auf. Vorsichtig spähte ich durch das Gitter nach draußen.

Neben Jeppes Jeans standen nun zwei Mutterbeine in Strumpfhosen.

Rosa hüstelte.

»Guten Tag«, sagte sie.

»Oh, ich habe dich nicht gesehen«, sagte Mam. »Du bist das neue Nachbarmädchen, nicht wahr?«

»Stimmt.«

»Ich bin die Mutter von diesem Schatz.«

»Das habe ich schon verstanden«, sagte Rosa.

»Mam …« Jeppe knirschte mit den Zähnen. Er stampfte auf den Boden.

»Normalerweise komme ich nicht so früh nach Hause«, sagte

Mam und erzählte, dass sie in einem Büro arbeitete und sonst viel Arbeit hatte, »aber heute … ja. ›So nutzen Sie uns nichts‹, das bekomme ich dann zu hören. Dafür renne ich mir die Seele aus dem Leib.«

»Wie … unangenehm«, sagte Rosa.

»Mam, komm rein, du bist müde«, sagte Jeppe leise.

Rosa hob die Hand. »Auf Wiedersehen«, sagte sie.

Mam ließ sich von Jeppe führen. Ihre Beine verschwanden aus meinem Gesichtsfeld. Mam murmelte irgendwelche lieben Worte. Sie nannte Jeppe »Schatz« und »Liebling« und »mein kleiner Gärtner«.

Ich holte tief Luft.

Wasser tropfte vom Gitter.

Ich wischte mein Gesicht und meinen Hals trocken. Ich sah mein Spiegelbild in der dunklen Pfütze auf dem Boden. Die Haare hingen mir in tropfenden Strähnen ums Gesicht. Jetzt sah ich aus wie Jeppe.

Mittwochabend
15. Juni – Nach dem Kampf um den Keller

Jeppes Angriff habe ich überlebt. In der Luke ist eine Delle, und im Keller steht noch immer ein bisschen Wasser, aber ich habe es überlebt. Das Einzige, was Jeppe von unserem Kampf zurückbehalten hat, ist ein Ameisenbiss. In seiner Wange. Aber ich hatte gehofft, ihn stärker abzuschrecken. Ich hatte gehofft, ihn mit meinen Ameisen und Wespen so zu erwischen, dass er aufgeben würde. Ich glaube nicht, dass das gelungen ist.

Nach unserer Schlacht habe ich mich drangemacht, ein bisschen aufzuräumen: aufwischen, Treppe putzen, Wespen fangen und in den Behälter setzen (ich werde sie bestimmt noch mal brauchen).

Über mir hörte ich Mam und Jeppe mit Töpfen und Pfannen in der Küche hantieren. Als wäre es ein ganz normaler Tag. Als wäre nichts los. Als wären wir eine gewöhnliche Familie.

Ich trocknete mich so gut wie möglich ab, zog meinen nassen Pullover aus, holte tief Luft und ging hinauf.

Am Schuppentor blieb ich kurz stehen und spähte um die Ecke. Die Küchentür stand offen. Mam wusch sich die Hände. Jeppe schnippelte irgendetwas, mit dem Rücken zu mir.

»Ich frage mich, wo Hidde bleibt«, hörte ich Mam sagen.

»Der ist bei einem Freund essen«, sagte Jeppe. »Das sollte ich dir ausrichten.«

»Einem Freund?«, rief Mam viel zu übertrieben. »Endlich. Wie schön.« (Wieso endlich? Was weiß sie denn schon?)

Sie trocknete die Hände und drehte sich zu Jeppe. »Na ja, dann essen wir eben gemütlich zu zweit.«

Ich hätte in die Küche laufen können. Ich hätte sagen können, »Jeppe redet Unsinn. Ich esse nicht bei einem Freund.« Aber mir war es ganz recht so. Sollen sie doch »gemütlich zu zweit« essen, dachte ich. Ich hatte noch genug Butterbrote im Keller.

Während ich die Brote aß, fing eine ohrenbetäubende Schlagzeugbombardierung an, hörte aber gleich wieder auf. Ich hörte Mams Stimme und Jeppe, der antwortete. Danach kam ein leises Klimpern auf der Gitarre.

Kurz darauf bin ich doch nach oben gegangen. Auf Zehenspitzen lief ich an Jeppes Zimmer vorbei, er klimperte immer noch.

Mam saß wie ein Zombie vor dem Fernseher. Ihr Gesicht leuchtete blau auf. Sie hatte nicht gemerkt, dass ich da war.

»Mam?«

»Ach, mein Junge. Wie war's?«

»Schön.«

»Bei wem warst du denn?«

»Bei jemand aus meiner Klasse«, murmelte ich. »Wie war's im Büro?«

Ihre Augen wurden klein. Sie seufzte tief.

»Sie können sich nicht auf mich verlassen. Der Chef sagt, ich müsse ›zu mir selbst‹ kommen. Er weiß nicht, was er sagt. Wo finde ich ›mich selbst‹? Wenn ich das wüsste, hätte ich es bestimmt schon vor Jahren gefunden …«

Und so redete sie weiter. Dabei starrte sie weiter den Fernseher an. Ich hörte nur halb zu, ich verstand es nicht richtig. Ich betrachtete ihr Gesicht, das immer wieder anders aufleuchtete. Grün, gelb, weiß.

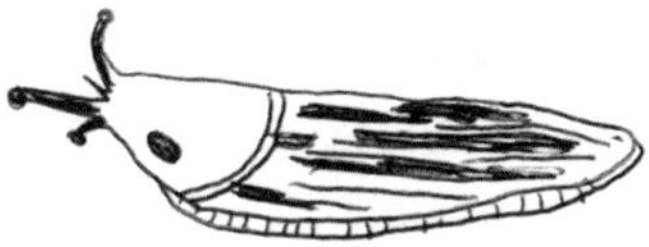

Donnerstagmorgen
16. Juni

Heute Morgen bin ich zur selben Zeit aufgestanden wie Mam. Ich musste es tun. Wenn sie erst weg wäre, wäre ich Jeppe ausgeliefert. Ich wagte nicht, mir vorzustellen, wie ich ihn beim Frühstück treffen sollte, ohne Mam in der Nähe.

Während sie die Brote schmierte, redete sie nur über ihren Chef. Sie war noch immer böse auf ihn. Und auf sich selbst. Dass sie sich so einfach nach Hause schicken ließ. Es war alles in Ordnung, er verstand einfach nichts. Typisch Mann. Blablabla.

Nachdem ich ihr um halb sieben nachgewinkt hatte, habe ich leise meine Schultasche gepackt, mit diesem Heft, und bin auch auf mein Rad gestiegen.

Weil es natürlich viel zu früh war für die Schule, bin ich zum Ländchen gefahren. Ich hätte mich auch wieder im Keller verschanzen können, aber dann würde Jeppe im Schuppen auf mich warten.

Jetzt sitze ich hier draußen auf dem Steinhaufen und schreibe. Der Himmel ist noch ein bisschen rosa. Es ist stiller als sonst. Ich höre weder Heuschrecken noch Grillen. Zu meinen Füßen läuft eine Reihe Nacktschnecken. Sie kriechen hintereinander her, als wären sie irgendwohin unterwegs.

Ich bin müde.

Ich muss noch ein bisschen warten, bis es acht Uhr ist. Die Schule fängt um Viertel nach acht an. Dieses Heft nehme ich natürlich mit. Ich muss aufpassen, dass niemand aus Versehen in meiner Tasche herumwühlt.

Donnerstagnachmittag
16. Juni

Den ganzen Tag hing eine seltsame Stille in der Luft. Sogar in der Schule. In der Mathestunde und in Niederländisch arbeiteten alle totenstill. Die Lehrerin sagte auch wenig, sie war in einer Stimmung, dass sie lieber alles an die Tafel schrieb. Mitten in diese Stille fing ein Mädchen leise zu weinen an, keiner wusste, warum. Es dauerte nicht lange, dann war es wieder so still, als wäre nichts passiert.

Ich war mit meinem Kopf nicht bei der Sache. Immer wieder schaute ich unter den Tisch, zu meiner Tasche. In der war dieses Heft, aber ich hatte das Gefühl, es wäre ein lebendiges Tier. Die Tasche schien zu glühen. Ich klemmte sie fest zwischen meine Füße. Wenn jemand aus meiner Klasse dieses Heft entdecken würde, wenn all die Geheimnisse die Runde machen würden, dann wäre ich verloren.

In der kleinen Pause, als alle hinausgegangen waren, habe ich das Heft unter mein Hemd gestopft, unter meinen Gürtel. Das fühlte sich sicherer an. So habe ich es den Rest des Tages mit mir getragen.

Diesen Trick habe ich mir nicht selbst ausgedacht, viele Käfer tun das auch: Sie tragen ihre Eier auf dem Bauch, unter dem Panzer.

Wenn du je dieses Heft oder ein anderes Buch liest und nicht willst, dass ein anderer es in die Hände bekommt, kannst du es auch auf diese Art verstecken. Du kannst dann nur nicht mehr schnell rennen. Auf dem Schulhof haben sie Fangen gespielt, alle zusammen, und erst habe ich mitgemacht, aber ich spürte, dass das Heft anfing zu rutschen. Ich habe gesagt, ich würde wieder ein bisschen Bauchweh kriegen, und machte nicht mehr mit.

Ich wünschte, ich hätte auch einen Panzer. Den festen Panzer eines Käfers, unter dem ich alles verstecken könnte, und zwar so, dass ich noch immer rennen und springen könnte. Es ist so unpraktisch, dass das Skelett bei den Menschen innen im Körper ist. Ich hätte lieber ein Skelett auf der Außenseite gehabt, genau wie bei den Insekten. Innen weich und außen hart.

Auch auf der Heimfahrt trug ich das Heft noch auf meinem Bauch. Als ich in meine Straße einbog, stellten sich sofort meine Stacheln wieder auf. Was, wenn Jeppe zu Hause war? Was, wenn er mir auflauerte?

Am Tor spähte ich um die Ecke, ob sein Fahrrad schon im Garten stand. Da stand zwar eines, aber nicht seines. Es war Mams. Ich holte tief Luft.

Ich stellte mein Rad neben ihrem ab. Meine Handgriffe waren nass vor Schweiß.

Plötzlich hatte ich Lust zu schreien. Mich der Länge nach ins Gras zu legen. Ich sehnte mich nach früher. Ich hatte Lust, ganz laut zu rufen: »Ichmachnichtmehrmit!«, und dass dann alles vorbei wäre, dass ich einfach zusammen mit Jeppe auf einer großen Matte im Garten mit Legosteinen spielen könnte.

Ich rannte hinein.

Mam saß am Küchentisch, die Tasche neben dem Stuhl. Ihre Hände lagen auf der Tischplatte. Dünne Finger. Ihre Hände zitterten ganz leicht, so wie die Fühler eines Ohrwurms, wenn er den Boden abtastet.

Sie sah mich nicht.

»He, Mam.«

Sie schaute nicht hoch, machte aber eine einladende Handbewegung neben sich. Ich lief zu ihr. Sie legte den Arm um mich und streichelte meinen Rücken, während sie noch immer den Tisch anstarrte.

Ich hätte mich gern an sie gedrückt, hatte aber Angst, sie könnte das Heft unter meinem Hemd spüren und wissen wollen, was das war und warum ich es unbedingt verstecken musste.

Also blieb ich stehen.

»Je schneller wir davonrennen, umso schneller holt es uns ein«, sagte sie, kaum hörbar.

Ich fragte mich, was sie mit diesem »es« meinte (ich konnte mir nur schwer vorstellen, dass meine Mutter schnell vor etwas davonrennen musste, das hatte sie bestimmt nicht gemeint), aber ich traute mich nicht zu fragen.

»Aber jetzt bist du zu Hause«, sagte ich nur.

»Und sogar zu Hause …«, flüsterte Mam.

»Haben sie dich wieder heimgeschickt?«, fragte ich. »Oder bist du krank?«

Nun schaute sie hoch. Sie lächelte. »So ähnlich, ja.«

Sie zog mich zu sich, ihre Hand berührte fast mein Hemd, deshalb machte ich schnell einen Schritt zurück. Sie erschrak.

»Nichts Ansteckendes«, sagte sie.

Sie legte den Kopf schräg und schaute mich an.

Sie sah mich.

»Weißt du was«, sagte sie, »heute Abend mache ich Lasagne. Ein Dinner zu dritt.« Sie lachte.

Also haben wir Lasagne gegessen. Zu dritt.

Es ist Krieg, wir können das Blut des anderen trinken, aber an diesem Abend saßen Jeppe und ich einander gegenüber an einem Tisch, in einem Abstand von kaum einem Meter zwischen uns.

Ich wagte nicht, ihn anzuschauen.

Bis auf Jeppes Schmatzen war es still.

»Schmeckt es euch, Kinder?«

Ich nickte.

»Wunderbar, Mam«, sagte Jeppe.

Jeppe trat mich unter dem Tisch gegen das Schienbein. Es tat schrecklich weh.

»Mam hat dich was gefragt«, schnauzte er. »Du kannst doch reden, oder?«

»Jeppe …«, sagte Mam.

»Schon okay«, sagte ich. Ich fühlte mein Bein pochen.

Wir schwiegen. Ich schob beide Beine weit unter meinen Stuhl.

Mam spielte mit ihrer Gabel, sie hatte noch fast nichts gegessen.

Als Jeppe mit dem Essen fertig war, legte er die Arme übereinander und starrte mich weiter an. Als würde er auf irgendetwas warten.

Hätte ich nur einen Haufen abgerichteter Bockkäfer. Ich würde sie beauftragen, Jeppes Stuhlbeine anzugreifen. Ich konnte das Geknister schon hören. Ich sah Jeppe die Ohren spitzen, und dann – bumm! – plötzlich auf dem Boden liegen.

»Jungs«, sagte Mam. Sie legte die Gabel hin. »Es geht mir nicht besonders gut. Die Dinge … Mein Kopf … Ich habe Tante Fenna angerufen, und sie findet, ich muss ein bisschen weg. Mich ausruhen. Sie hat mich in ihr Gartenhaus eingeladen, für morgen und übermorgen. Aber ich gehe nur, wenn ihr einverstanden seid. Meint ihr, ihr kommt zurecht?«

Wir schwiegen.

»Und wenn etwas ist, könnt ihr immer zu Herrn Meijer von nebenan gehen, das habe ich schon gefragt, er ist die ganze Zeit zu Hause.«

Wir sagten nichts. (Herr Meijer ist ein glatzköpfiger Bullenbeißer. Er hat noch immer einen Fußball von uns in seinem Schuppen liegen, den will er nicht zurückgeben. Und er sprüht Gift in seinem Garten und schlägt den ganzen Sommer mit einer elektrischen Fliegenklatsche um sich.)

»Nur eine Nacht. Am Samstagnachmittag bin ich schon wieder da.«

Jeppe brach die Stille. »Das musst du selbst entscheiden.«

Mam bekam nasse Augen und biss sich auf die Lippe. Ein Bissen Lasagne blieb mir in der Kehle stecken. Mit Mühe schluckte ich ihn hinunter.

»Es ist gut, Mam«, sagte ich. (Was hätte ich anderes tun können? Hätte ich Nein sagen sollen?)

Ich sagte: »Das schaffen wir schon, was, Jep?«

»Klar«, sagte Jeppe. Er warf mir unter seiner fetten Locke einen dunklen Blick zu.

Mam seufzte. »Ich rufe gleich an, wenn ich angekommen bin. Und abends, um euch Gute Nacht zu sagen.«

Jeppe schob seinen Stuhl zurück und verschwand in seinem Zimmer.

Kurz darauf hörten wir sein Gitarrengewimmer durch die Wand. Es jaulte und jammerte.

Freitag
17. Juni

17:20

Vielleicht hast du ja auch einen Bruder. Vielleicht nervt er dich auch manchmal. Oder ist gemein. Aber das ist nichts im Vergleich zu Jeppe. Während ich das schreibe, dröhnt ein ohrenbetäubender Lärm duch die Decke. Das ist noch nicht das Schlimmste. Er hat mich eingeschlossen.

Den ganzen Nachmittag lang hatte ich noch keine Schlagzeugbombardierung gehört. Ich hatte sein Fahrrad im Garten stehen gesehen. Aber auch durch das Abhörrohr hörte ich nichts.

Es blieb still im Haus. Viele Tiere, die sich wegen des Gedröhnes in den vergangenen Tagen versteckt oder eingegraben hatten, kamen langsam zum Vorschein. Lukas, das Glühwürmchen, gab wieder schwache Lichtsignale von sich. Und eine der beiden übrig gebliebenen Blattheuschrecken hatte Eier abgelegt.

Ich duschte die Grillen und Heuschrecken mit dem Sprühkännchen und ersetzte die alten Zweige (das ist in den letzten Tagen schon mal zu kurz gekommen). Ich versorgte also meine Tiere, als ich plötzlich Lärm im Schuppen hörte.

Ein knarzendes Geräusch. Etwas wurde verschoben. Für einen Moment war es still. Dann erneut Geschiebe. Die Luke knarrte.

Danach wurde es wieder still.

Ich wartete. Lauschte. Nach einer Weile ging ich zum Schuppen, um nachzuschauen. Zumindest wollte ich das.

Ich ging die Stufen hinauf und versuchte, die Luke hochzudrücken. Sie bewegte sich keinen Millimeter.

Jeppe musste etwas Schweres daraufgestellt haben. Sosehr ich auch drückte, sie blieb fest verschlossen.

Ich lief hinunter, stieg auf einen Stuhl und versuchte, das Gitter loszurütteln, aber das saß natürlich fest.

In diesem Moment stellte Jeppe die Musik in seinem Zimmer an. Ein Krach, der einem den Kopf volldröhnt. Ohrenzerreißende Gitarren. Dunkle Trommelschläge. Männer mit Stimmen wie Gasbrenner.

Jeppe hat es sich sehr schlau ausgedacht. Mam kommt erst morgen nach Hause. Die dreckige Ratte kann mich die ganze Nacht hier sitzen lassen.

Ich habe nach einem Weg gesucht, zu entkommen. Ich fand einen Balken und versuchte, ihn unter die Luke zu zwängen. So:

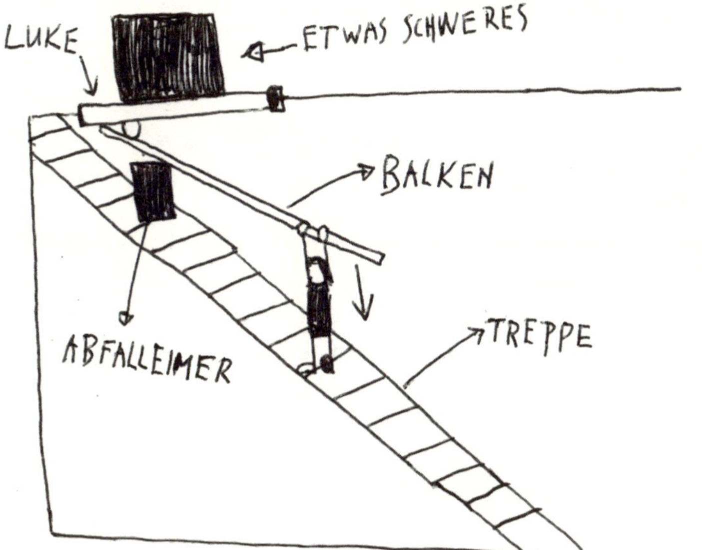

Es hat nicht funktioniert.

Der Abfalleimer fiel um, der Balken schoss davon und ich rutschte ein paar Stufen nach unten.

Ich schrie, konnte mich aber bei dem Gitarrenlärm selbst nicht hören.

Ich habe mir das Knie aufgeschlagen. Es blutet immer noch. Pflaster sind oben, in der Küche.

Ich sitze wie eine Ratte in der Falle.

Hier unten gibt es nichts zu essen. Zumindest nicht für Menschen.

Es gibt auch keinen Platz, an dem ich liegen und schlafen kann.

Während ich hier an meinem kleinen Tisch sitze und schreibe, betrachte ich den Keller genauer.

Er scheint kleiner geworden zu sein. Und dunkler.

Der Lärm von oben dröhnt in meinem Kopf.

Der halbe Drache auf der Wand starrt mich an.

Ich muss hier raus.

Freitagabend

Um 18:30 hörte die Musik plötzlich auf. Inzwischen knurrte mir schon der Magen.

Ich spitzte die Ohren, richtete den Blick auf die Luke.

Hinter mir erklang ein Lachen. Mit einem Ruck drehte ich mich um.

Jeppes Grinsen über dem Gitter.

»Gibst du auf?«

»Das ist gemein. Lass mich raus!«

»Es wird Zeit, dass du mal nachdenkst, Spinnerling. Erst gibst du mir den Keller ...«

»Ich habe nie – niemals gesagt, dass du den Keller haben kannst!«

» ... dann entdecke ich plötzlich eine dicke Kette an der Luke, und inzwischen hast du unser Geheimnis aufgeschrieben, dass jeder es lesen kann.«

»Habe ich nicht getan ...«

»Du musst begreifen, dass man manche Dinge besser ruhen lässt. Wenn du falsch spielst, spiele ich auch falsch.«

Ich rief, ich hätte das Geheimnis wirklich nicht aufgeschrieben. Ich gab sogar zu, dass ich es tun wollte, aber dann hätte ich wieder einen Albtraum bekommen.

»Ich schwöre, dass ich unser Geheimnis nicht aufgeschrieben habe«, sagte ich und hob zwei Finger in die Luft.

»Ach nein? Dann lass mich das Heft doch lesen.« Er schob seine Hand durch das Gitter.

Ich starrte die Hand an. Eine Hand mit Schrammen und Schwielen an den Fingern.

»Gib mir das Heft und ich lasse dich raus.«

Seine Augen funkelten.

Ich schaute zu dem Heft auf meinem Tisch.

»Du wirst es verbrennen«, sagte ich leise.

Er machte meinen kläglichen Ton nach. »Das habe ich nie gesagt.«

Ich fragte, ob er mich dann in Ruhe lassen würde, wenn ich ihm das Heft gab. Ob ich den Keller dann behalten dürfte.

Jeppe brach in Gelächter aus.

Plötzlich hörte er auf. Er packte die Gitterstäbe und drückte seine Stirn darauf.

»Ich habe ein *Recht* auf diesen Keller. Du bist schon viel zu lange drin. Ich habe eine Band, ich *muss* ein guter Schlagzeuger werden. Der Stier sagt, mein Gitarrenspiel wäre zu lahm. Und dass ich als Schlagzeuger viel weiter kommen kann.« Er wischte sich ein bisschen Spucke aus dem Mundwinkel.

»Aber .... Aber du kannst doch schrecklich gut Gitarre spielen! Der Stier versteht nichts davon.« (Warum habe ich das gesagt?)

Jeppe lachte. »Du vielleicht? Der Stier ist der beste Gitarrist weit und breit. Ich will der beste Schlagzeuger werden. Ich *brauche* diesen Keller.«

»Ich auch«, sagte ich leise.

Jeppe schlug mit dem Kopf gegen das Gitter.

Er seufzte.

»Hör zu, Brüderchen. Es ist ganz einfach: A) Du bist klug und gibst auf. Du überlässt mir das Heft und den Keller. Ich lasse dich raus. Wir räumen zusammen deine Behälter weg und morgen bin ich im Keller. Und dann machen wir einen neuen Deal: Du schweigst. Punkt. Oder: B) Du bist stur und dumm und bleibst da drin. Du hast kein Wasser und nichts zu essen, bis Mam am Sonntag nach Hause kommt.«

»Sonntag? Sie kommt am Samstag.«

»Sie hat gerade angerufen und gefragt, ob wir damit einverstanden sind, dass sie einen Tag länger bleibt. Ich habe gesagt, das fänden wir prima.«

»Du lügst.«

»Glaubst du? Du wirst es ja merken.«

»Du lügst. Du lügst!«

Er schüttelte langsam den Kopf. Einen Moment lang blieb es still.

»A oder B?«, fragte er dann.

»Hau ab!«

»Ist gut. Ich schaue morgen noch mal nach, ob du dich entschieden hast.«

Er ließ mich allein zurück. Ich trat gegen die Wand.

Ich habe angefangen, mit meinen Insekten zu sprechen. Wenn ich nicht mehr weiß, was ich machen soll, tue ich das manchmal. Ich drückte meine Nase an das Totengräberglas und erzählte ihnen, was los war. Dass Jeppe sie weghaben wollte. Dass ich alles tat, um das zu verhindern. Aber dass es nun doch ziemlich schwierig wurde.

Sie krochen am Behälter hoch, kreisten um meine Nase. Es war, als fühlte ich sie durch das Glas.

Ein Geräusch von draußen, von der Straße, wehte herein: Etwas rollte und klackte, rollte und klackte. Ich stand auf und spähte durch das Gitter.

Bor skatete auf der anderen Straßenseite. Er nahm Anlauf und sprang den Randstein rauf und runter. Seine Locken hüpften mit. Er sah wirklich aus wie ein Floh. Aber er war meine einzige Rettung.

Ich stieg wieder auf den Stuhl und zischte durch das Gitter.

»Pssst! Bor!«

Er stoppte und schaute sich um. Er sah mich nicht.

Ich schob ein bisschen Efeu zwischen den Gitterstäben zur Seite.

»Pssst! Hier!«

Er drehte eine Runde auf seinen Skates und spähte und spähte.

»Hier!«

Noch immer sah er mich nicht. (Flöhe haben auch keine Augen.)

»Hier unten!«

Er rollte in meine Richtung und sprang auf unseren Bürgersteig. »Hidde?«

»Bor! Du musst mir helfen.«

Er zog die Augenbrauen hoch. »Warum sollte ich dir helfen?« Er drehte eine Runde um seine eigene Achse.

»Du kapierst es nicht …«

»Ich kapiere es prima«, unterbrach er mich. »Bestimmt wieder so ein Scheißwitz von dir und deinem Bruder.«

Er stieß sich ab und fuhr davon, aus meinem Blickfeld.

»Bor! Tu doch nicht so blöd«, zischte ich. Aber er war schon verschwunden.

18:55

Ich warte immer noch darauf, dass er wieder vorbeifährt.

Nichts.

Ich habe Hunger.

Spinnen können eine Woche in ihrem Netz warten, ohne etwas zu essen. Spinnen haben Geduld.

Ich stelle mich auf den Stuhl. So kann ich ihn besser sehen, wenn er kommt. Und wenn er mir wieder nicht zuhört, kann ich ihn am Bein packen.

19:20

Habe mich wieder hingesetzt. Meine Beine sind müde.

Als ich auf dem Stuhl stand, habe ich mir vorgestellt, ich wäre eine Spinne. Dass ich mit vier Beinen auf dem Stuhl stehen wür-

de. Und dass zwei extra Arme aus meinem Leib wuchsen, unter meinen Achseln. Mit vier Armen lehnte ich mich an die Mauer, sodass ich schnell zum Gitter gelangen könnte, wenn ich einen Floh vorbeispringen sehen würde. Eine Zeit lang half es, ich vergaß, dass ich müde Beine hatte. Aber nach einer Weile krochen meine Gedanken immer zurück zu meinem Bauch, der heftig knurrte. Wie hält eine Spinne das aus, eine Woche ohne zu essen?

19:29

Spinnen haben keine Brüder. Hast du das gewusst? Sobald der Erste aus dem Ei gekrochen ist, fängt er sofort an, alle anderen Eier aufzufressen.

19:32

Meine Grillen haben angefangen zu singen. Sie singen und ich bin allein. Es ist noch immer niemand vorbeigekommen.

19:45

Ich habe gerade Bor gesehen, er ist hinter einem Fenster im ersten Stock seines Hauses aufgetaucht. Er schaute in meine Richtung, also winkte ich mit aller Kraft hinter dem Gitter, aber das hat er natürlich nicht gesehen.

Er drehte sich um, und kurz darauf sah ich ihn wieder mit

etwas, das aussah wie ein Brettchen mit einem Tier darauf. Er schob das Ding über die Fensterbank. Dann schaute er über seine Schulter und ging wieder vom Fenster weg.

19:53

Ich habe unter meinem Tisch einen Apfel gefunden. Er ist ein bisschen runzlig, schmeckt aber sehr gut. Ich hebe ein Stückchen für die Grillen und die Schnecken auf.

Wird Jeppe mich wirklich das ganze Wochenende hier sitzen lassen? Traut er sich das?

Jeppe wird jetzt vielleicht essen. Vielleicht höre ich gleich das Piepen der Mikrowelle.

Bor wird jetzt wohl auch mit seiner Schwester und seinen Eltern am Tisch sitzen. Dampfende Töpfe. Lachende Gesichter. Kinder mit einer Mutter und einem Vater und einem normalen Bruder oder einer normalen Schwester essen so. Das habe ich oft genug durch die Fenster von anderen Häusern gesehen.

Ich sollte lieber an etwas anderes denken.

An dich.

Ich muss, egal wie, dafür sorgen, dass dieses Heft in deine Hände kommt.

Wie, das weiß ich noch nicht genau. Es muss irgendeine Möglichkeit geben. Ich finde bestimmt eine Lösung. Es geht gar nicht anders. Es muss so sein.

Ja, je länger ich darüber nachdenke, umso sicherer bin ich: Eines Tages wirst du dieses Heft finden. Du nimmst es mit, du schlägst es auf. Ich sehe dich schon sitzen, wie du jetzt sitzt, das Heft in der Hand. Du starrst diese Buchstaben an und jene. Und wieder andere. Du runzelst die Stirn und dann lachst du ein bisschen.

Weil ich weiß, dass du das jetzt liest, fühle ich mich hier im Keller nicht so allein. Was auch passiert, meine Tiere werden weiterleben. Selbst wenn Jeppe sie alle zerquetscht.

Plötzlich fällt mir etwas ein. Vielleicht … Vielleicht soll ich dir jetzt das Geheimnis erzählen … Oder nein, das wäre dumm. Natürlich besteht Jeppe darauf, das Heft zu lesen, sobald er mich wieder freilässt. Er wird die Luke öffnen, mich angrinsen und sagen: zuerst das Heft.

Ich muss entkommen.

Entkommen, mit diesem Heft. Und dann nehme ich Rache.

Noch immer Freitagabend
22 Uhr

Wenn man auf einer unbewohnten Insel festsitzt, kann man noch eine Flaschenpost schicken. Wenn man sich auf einem Berg verirrt hat und einen guten Hund oder eine Brieftaube hat, kann man denen einen Hilferuf-Brief mitgeben.

Ich bin in meinem eigenen Haus eingeschlossen und kann nichts tun. Ich habe keine Taube, keinen Hund, und wenn ich eine Flasche mit einem Hilferuf durch das Gitter schiebe, wird Jeppe der Erste sein, der sie findet.

Ich habe mir alle möglichen Methoden überlegt, um ein Notsignal zu schicken.

- Winzige Briefchen schreiben und sie auf ~~den Panzern der Gr~~Schneckenhäuser kleben. (Dauert zu lange. Und wie kann ich wissen, dass sie in die richtige Richtung kriechen?)
- Briefchen mit einem Blasrohr an Bor schicken (habe ich nicht)
- Grillen beibringen, ein SOS-Signal zu zirpen und sie freilassen. Hoffen, dass sie in die Nähe von Bors Fenster kommen. (Klappt nie. Grillen sind schrecklich eigensinnig.)
- ~~Ichweißesnicht ichweißesnicht ichweißesnicht~~

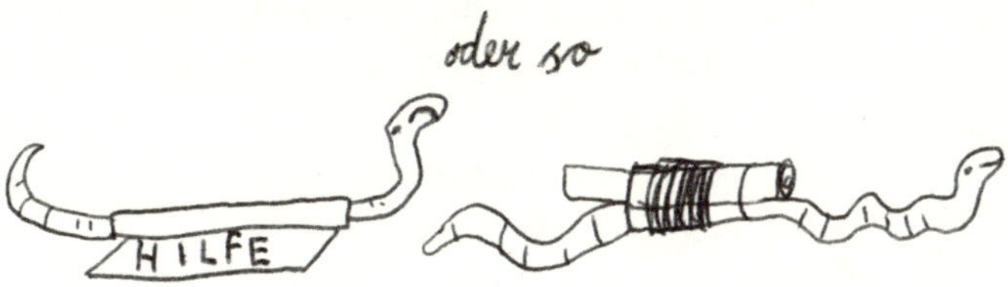

Ich weiß es nicht.

Draußen ist es schon fast dunkel. Das habe ich gerade gesehen, als ich durch das Gitter schaute. Der Mond ist wie angenagelt. In Bors Zimmer brennt noch Licht. Sein Fester ist halb offen.

Verdammt.

Natürlich.

Nachtfalter. Die fliegen zum Licht.

Sie sind nicht schwer zu fangen:

1. Lampe auf ein Stück weiße Wand oder ein weißes Blatt Papier richten.
   Die Nachtfalter müssen es gut sehen.
2. Warten, bis sie sich hinsetzen.
3. Mit einem Schmetterlingsnetz fangen. Vorsichtig.

Zur Sicherheit benutzte ich drei Lampen. Während ich auf die Nachtfalter wartete, schrieb ich mit winzigen Buchstaben ein Briefchen, rollte den Zettel zusammen und malte einen grellroten Punkt darauf. Sonst würde Bor es nie entdecken.

Es dauerte nicht lange und der Bogen Papier war voller kleiner Fliegen. Kurz darauf kam der erste Nachtfalter, ein hellbrauner. Nach meinem Insektenführer eine Hausmutter, eine Noctua pronuba.

Sie hatte einen breiten Hinterleib, das war für meinen Plan sehr gut. Ich fragte sie, ob sie mir helfen wolle. Sie blieb ruhig auf meiner Hand sitzen. Ich nahm an, das bedeutete ihr Einverständnis.

Das Briefchen klebte ich mit einem Tropfen Klebstoff auf ihren Rücken. Das war schwierig. Ich musste eine Pinzette und mein Vergrößerungsglas benutzen. Jedes Mal, wenn ich sie berührte, kitzelte sie das offenbar, denn sie hüpfte ein Stück weiter. Endlich saß das Briefchen fest. Ein knallroter kleiner Rucksack. Auf einem grauen Falter sah man es sofort.

Ich machte alle Lichter aus, um dafür zu sorgen, dass sie nicht zurückfliegen würde. Nur das Licht von Bambi und Rambo blieb an. Sie werden unruhig ohne Nachtlicht.

Ich brauchte eine Weile, bis ich mich an die Dunkelheit gewöhnt hatte. Dann stieg ich mit der Hausmutter auf der Hand auf den Stuhl.

»Tu dein Bestes«, flüsterte ich. »Fliege auf die andere Seite, gib Bor Bescheid.«

Gerade als ich die Hand zum Gitter hob, schob sich ein Schatten darüber.

Jeppe.

Er grinste.

Mit einem Ruck zog ich die Hand zurück und der Nachtfalter flog auf. Er flatterte vor dem Gitter hin und her, flog aber nicht hinaus. Jeppe blockierte das Licht fast völlig.

»Schön dunkel da unten.«

Der Nachtfalter flatterte durch die Stäbe, direkt an Jeppes Gesicht vorbei. Er schlug danach.

Ich hielt die Luft an. Hatte er ihn erwischt? Ich sah den Nachtfalter nirgends mehr.

»Und, Spinnerling, hast du noch keinen Hunger?«, fragte Jeppe.

»Nein«, sagte ich schnell.

Meine Augen flitzten hin und her auf der Suche nach dem Nachtfalter. Da! Auf seiner Schulter. Er saß ganz still.

Ich holte tief Luft und blies gegen seine Schulter. Der Nachtfalter flog auf, hinaus in den Abend.

»Was tust du da?«, fragte Jeppe und grinste. »Versuchst du mich wegzublasen? Hat dich der Hunger ganz verrückt gemacht?«

Er holte einen Schokoriegel aus der Tasche. Er riss das Papier auf und biss hinein. Ich fühlte, wie mir die Spucke im Mund zusammenlief. Mein Magen knurrte so laut, dass ich Angst hatte, Jeppe könnte es hören.

Jeppe schnaubte. »Und, Spinnerling, hast du dich schon entschieden?«

»Ich habe entschieden, dass du eine Schlupfwespe bist. Und dass ich nicht aufgebe.«

Er lachte.

»Wenn ich eine Schlupfwespe bin, bist du ein sturer Mistkäfer. Du lieber Himmel, bist du dickköpfig.«

Er schaute mich durch die Gitterstäbe an. Es sah fast aus wie ein Familienbesuch in einem Gefängnis.

»Hier«, sagte er und steckte den Rest des Schokoriegels durch die Stäbe.

Ich rührte mich nicht.

»Nimm schon, ich mein's ernst«, sagte er leise. »Natürlich lasse ich dich nicht verhungern. Es ist einfach … Damit du nachdenkst. Warum sollte der Keller dir allein gehören? Warum? Du liebst Insekten, ich liebe Musik. Sind Insekten so viel besser?«

Mir fiel keine Antwort ein. Meiner Meinung nach waren Insekten besser als Musik, aber es ging um mehr. Viel mehr. Ich wollte sagen, dass er groß ist, dass er alles kann, dass er zwei Gitarren hat, ein Keyboard, ein Schlagzeug und eine ganze Band und dass ich ohne meine Tiere nichts anderes bin als ein leer geschrumpfter Luftballon, aber die Worte versteckten sich irgendwo in meinem Kopf.

»He, Brüderchen, es ist doch nicht so schwer. Du verkaufst die Viecher und nimmst dir ein bequemes Tier, eines, für das du keinen Keller brauchst. Ein Meerschweinchen oder so. Das passt leicht in dein Zimmer.«

»Du verstehst einen Dreck.«

Er seufzte und rieb mit einem Finger über die Rostflecken eines Gitterstabs.

»Es ist schade, weißt du, mit uns beiden«, sagte er leise. »Eine andere Zeit, ein anderer … Umstand und wir wären eine Band gewesen. Zwei Brüder mit einem eigenen Studio. Eigene Nummern, gemeinsam auftreten, stell dir das vor …«

Und sosehr ich ihn auch hasste, sosehr ich seine Quälereien satthatte, als er das sagte, wollte ich ihn festhalten. Ich wollte meine Arme um ihn legen. In seiner Achsel heulen, wie ich es damals getan hatte, bei Wards Beerdigung. Das wollte ich. Ich erschrak darüber sosehr, dass ich vom Stuhl flog.

Ich lag der Länge nach auf dem Kellerboden. Mein Knie tat weh.

»Alles in Ordnung? Hidde! Alles klar?«

Hidde hat er gesagt, nicht Spinnerling. Ich habe es genau gehört. Er hat mich bei meinem Namen genannt.

Ich blieb auf dem Kellerboden liegen, kniff die Augen fest zu und hoffte, er würde noch einmal meinen Namen sagen. Noch ein einziges Mal.

»Hidde? Hidde, alles klar? Gib doch Antwort …!«

Ich lächelte. Ich öffnete die Augen und sah die Wand, ich sah Wards halben Drachen und plötzlich kam mir dieser ganze Krieg wie ein Witz vor. Ein Spiel.

»Hidde!«

»He, Jep«, sagte ich grinsend. »Das sehe ich jetzt erst. Wards Drache hat ein Tattoo auf dem Bein. Hast du das gewusst?«

»Mistkerl«, zischte Jeppe. »Ich habe gedacht, du wärst tot.«

Seine Stimme schnitt mir durch Mark und Bein, rüttelte mich wach. Schnell rappelte ich mich auf.

Durch das Gitter sah ich gerade noch seine Schuhe verschwinden. Er war und blieb weg. Ich habe ihn noch immer nicht gesehen.

Es ist kein Witz, kein Spiel, ich bin noch immer eingesperrt, ich habe nichts zu essen, ich muss auf dem kalten Fußboden schlafen und wir haben immer noch Krieg.

Inzwischen ist er wieder oben und hat angefangen, auf seiner Gitarre zu raggen. Es hilft auch nichts, wenn ich mir die Ohren zuhalte. Der Krach geht mir durch und durch.

Das Dumme ist, dass ich derjenige bin, der Jeppe zur Gitarre verholfen hat. Meinetwegen hat er mit der Musik angefangen. Du kannst es dir vielleicht nicht vorstellen, aber durch mich ist er zu seiner ersten Gitarre gekommen.

Das war nicht lange nachdem wir Ward verloren hatten. In den Tagen nach der Beerdigung war es sehr still im Haus. Die Luft war wie ein dicker Schwamm, der alle Geräusche aufsaugte. Jeppe hörte auf zu sprechen. Nicht dass ich sehr viel sagte, aber Jeppe überhaupt nichts mehr. Kein Wort.

Wenn ich fragte, ob er mitging zum Fußballspielen oder Lego mit mir spielte, gab er keine Antwort. Er starrte nur blass vor sich hin.

Mam sang nicht mehr.

Wenn dann mitten in diese Stille eine Tür zuklappte oder ein Glas runterfiel, erschraken wir zu Tode.

An einem jener stillen Tage ging ich mit Mam durch die Einkaufsstraße. Wir wollten ein Geschenk kaufen, denn Jeppe hatte bald Geburtstag. Ich rannte von einem Schaufenster zum anderen. Mam folgte mir. Sie ging viel zu langsam, das weiß ich noch.

Vor einem Schuhgeschäft blieb sie plötzlich stehen. Ihre Augen begannen zu glänzen, dann liefen sie über und Tränen tropften über ihre Wangen. Als hätte jemand einen Wasserhahn aufgedreht.

»Mam?«

Sie schüttelte den Kopf. Ihr Mund ging auf, aber nichts kam heraus.

Sie ging in die Knie. Setzte sich einfach auf die Straße. Die Leute liefen in einem Bogen um uns herum und warfen uns erstaunte Blicke zu. Mam sah es nicht. Sie saß auf der Straße und betrachtete ihre leeren Hände und ihr Mund ging auf und zu wie bei einem Fisch. Unhörbare Worte.

»Mam, du musst aufstehen.«

Sie schüttelte den Kopf.

»Du machst dich schmutzig.«

Ich versuchte, sie am Arm hochzuziehen.

»Wir müssen ein Geschenk kaufen. Wir brauchen ein Geschenk für Jeppe.«

Sie schaute mich an. Sie holte ihr Portemonnaie aus der Tasche und fischte zwei blaue Scheine heraus. Gab sie mir. Ich betrachtete sie. Ich hatte noch nie so viel Geld in der Hand gehabt.

Sie steckte mir zwei weitere Scheine zu und flüsterte etwas. Ich beugte mich zu ihr.

»Sorry …«, flüsterte sie. Ihre Stimme war fast nur Luft. »Es tut mir so leid.« Und sie fragte, ob ich etwas Schönes für Jeppe kaufen wolle. Sie müsse kurz sitzen bleiben, sagte sie.

Ich lief weiter durch die Einkaufsstraße. Als ich mich umschaute, sah ich, dass eine Frau neben meiner Mutter kniete. Ich lief weiter. Ich dachte an Dinge, die mir selbst Spaß machen würden: gelbe und rote Marienkäfer, schöne Schneckenhäuser, zirpende Heuschrecken. An einem Schaufenster mit Geigen blieb ich stehen. Heuschrecken und Grillen spielen auch Geige, das wusste ich. Ich hatte oft genug gesehen, wie sie mit den Beinen über die Flügel streichen.

Ich dachte an unser stilles Haus. An den stillen Jeppe. Ich betrat den Laden. Hinter dem Ladentisch stand ein Mann mit einer Brille. Ich sagte, ich wolle eine Geige kaufen. Ich legte die Scheine auf den Tisch.

Der Mann kratzte sich am Kopf. »Wenn du Geige spielen lernen willst …«

»Es ist nicht für mich«, sagte ich schnell. »Es ist für meinen Bruder. Der ist zu still. Er muss Musik machen. Genau wie Heuschrecken.« Ich war damals noch klein, damals sagte ich solche Sachen.

Der Mann musste lachen. »Ach ja. So ist das.«

Er deutete auf meine Scheine. »Das ist nicht genug«, sagte er, »eine Geige ist sehr teuer.«

»Und eine kleine?«

»Auch eine kleine, tut mir leid.«

Ich nahm meine Scheine vom Tisch.

»Muss es unbedingt eine Geige sein?«, fragte der Mann. »Oder geht auch ein anderes Instrument?« Er deutete um sich.

An den Wänden standen Klaviere und Keyboards, in einer Ecke glänzten alle möglichen Saxofone, Trompeten und andere Instrumente, deren Namen ich nicht kannte. Eine Wand hing voller Gitarren. Gitarren haben auch Saiten, genau wie Geigen. Ich versuchte, es mir vorzustellen: Jeppe mit einer Gitarre.

Ich deutete auf die Gitarren. »Und die, sind die auch zu teuer?«

»Nein, nicht alle.« Er ging zu der Wand und deutete auf eine winzige Kindergitarre.

»Ist die was für ihn?«

Ich seufzte. »Er wird schon zwölf.«

»Oh, tut mir leid.« Er nahm eine größere Gitarre. Nicht so

groß wie die meisten anderen, aber ziemlich groß. Ein Tiger war draufgemalt.

»Was hältst du von dieser?«

Ich nickte. Die sollte es sein.

»Reicht das hier?«, fragte ich und hielt meine Scheine hoch.

»Fast«, sagte der Mann. Er lächelte. »Aber das ist schon in Ordnung. Du kannst sie für das Geld haben. Eine Gitarre für den stillen Bruder. Soll ich sie einpacken?«

Und so kam es, dass ich Jeppe seine erste Gitarre schenkte. Er hatte sie noch nicht richtig ausgepackt, da fing er schon an zu spielen. Er sagte nichts, er nahm sie mit in sein Zimmer und spielte. Tagelang.

Das Gitarrenspiel hat gerade aufgehört. Es ist jetzt 23:00 Uhr. Jeppe wird bald schlafen gehen.

Ob Bor auch schläft? Hat mein Nachtfalter ihn erreicht? Mal schauen.

…

Hinter den Gardinen von Bors Zimmer dringt schwacher Lichtschein heraus. Um einen Laternenpfahl vor unserem Haus schwärmen Nachtfalter und Fliegen. Sie drehen Runden um Runden, als wären sie mit unsichtbaren Fäden an der Lampe festgebunden. Und du errätst es schon: Einer der Nachtfalter ist meine Hausmutter. Ich sah gerade einen roten Punkt aufblitzen. Auch das noch.

Warte mal. Vielleicht kann ich meine Hausmutter mit einer Taschenlampe von der Laterne weglocken.

Ich richte den Schein auf Bors Fenster. Die Taschenlampe macht einen Lichtkreis auf seiner Gardine, wie ein Ruf: Hierher!

Die Hausmutter sieht es nicht. Umrundet weiterhin den Laternenpfahl.

23:28

Ich habe noch versucht, der Hausmutter den Weg zu weisen, indem ich den Lichtstrahl langsam vom Laternenpfahl zum Haus bewegte, aber das hat auch nicht funktioniert. Ich hab's bestimmt hundertmal probiert. Und jetzt sehe ich sie auch nicht mehr am Laternenpfahl. Die Sache ist hoffnungslos.

Ich weiß nicht mehr weiter. Bin auch todmüde.

Ich stelle den Heuschreckenbehälter in einer Kellerecke auf den Boden. Dann kann ich mich zusammengerollt dranlegen, mit dem Ohr zu den Heuschrecken. Nichts ist angenehmer als das Zirpen von Heuschrecken.

Vor vier Jahren haben wir mal in Frankreich gecampt, Ward, Jeppe und ich in einem Zelt. Damals sind wir auch bei Heuschreckengezirpe eingeschlafen.

Freitagnacht
17. Juni

Ich schreckte durch ein Gezische hoch. Ich war ein bisschen eingedöst, richtig geschlafen habe ich nicht. 23:45 sah ich auf der

Uhr. Erst dachte ich, es wären die Heuschrecken neben meinem Kopf gewesen, aber als ich horchte, hörte ich, dass das Geräusch von hinten kam.

»Pssst!«, zischte eine Stimme.

Durch das Gitter drang ein gelbes Lichtbündel. Das Licht glitt über den Behälter mit den Blattheuschrecken.

Ich rappelte mich auf.

Es war Bor. Er kauerte vor dem Gitter, eine Taschenlampe in der Hand.

»Du bist also wirklich eingeschlossen«, sagte er zögernd. »Ich wusste es nicht. Ich dachte, dass du einen Streich ausheckst.«

»Natürlich nicht«, sagte ich.

»Warum hast du das denn nicht gleich gesagt?«

»Mir blieb gar keine Zeit. Du warst sofort weg!«

Er wollte etwas sagen, machte aber den Mund gleich wieder zu. Wir schwiegen.

»Mein Nachtfalter hat dich also doch gefunden«, sagte ich.

»Dein was?«

Bor hatte keine Ahnung, was ich meinte. Er sagte, er habe die Lichtsignale auf seiner Gardine gesehen und verstanden, dass sie nur von mir stammen konnten.

Ich hatte mir ganz umsonst die Mühe mit der Nachtfalter-Nachricht gemacht. Einfache Lichtsignale mit einer Taschenlampe.

Hätte mir das nicht früher einfallen können?

Er kratzte sich in seinen Locken.

»Was für ein dummer Witz von deinem Bruder, dich so lange einzuschließen.«

»Es ist kein Witz. Wir haben Krieg.«

Er starrte mich an. »Wow!«

Ich wusste nicht mehr, warum ich Bor so blöd fand.

Er fragte, wie er mich befreien könnte.

Ich sagte, dass Jeppe etwas Schweres auf die Luke gestellt hatte und wie er, Bor, durch unser Gartentor zum Schuppen kommen konnte. Und dass er seine Taschenlampe ausmachen musste. Wenn Jeppe ihn sah, könnte er was erleben.

Kurz darauf hörte ich Gerumpel an der Luke. Geschiebe. Ich machte ein Licht an und ging leise die Treppe hinauf. Gleich würde ich frei sein.

In diesem Moment hörte ich den Lärm, etwas fiel um. Ich zog mich zusammen. Bestimmt hatte Jeppe was gehört.

Schnell lief ich die Treppe wieder hinunter und lauschte am Abhörrohr. Ich legte mein Ohr an das Metallrohr und hörte ein leises Knarren. Und danach ein leises Ploff-ploff-ploff.

Auf Zehenspitzen schlich ich die Treppe wieder hinauf und flüsterte durch einen Spalt in der Luke. »Bor?«

Geschiebe. Die Luke knarrte.

»Mach schnell!«, flüsterte ich. »Ich glaube, dass …« (noch mehr Knarren) »… Jeppe aufgewacht ist.« Die Luke schwang quietschend auf.

Bor hatte mich nicht verstanden. Er kniete neben der Öffnung und wischte sich mit dem Ärmel über die Stirn. »Er hat die Werkbank auf die Luke geschoben …«, keuchte er, »… und einen Sack Zement. Schwer, Mann!« Er lächelte.

»Schnell«, flüsterte ich, während ich hinauflief. »Wir müssen sofort …« Ich stockte. Ich meinte, das Quietschen der Hintertür gehört zu haben. Ich blieb halb in der Kelleröffnung stehen und legte den Finger auf die Lippen.

Bor sah es nicht. Er leuchtete mit seiner Taschenlampe in den

Keller und spähte hinein. Sein Mund klappte auf. »Jemine«, flüsterte er, »was ist das denn da unten?«

Von der Schuppentür war ein Klappen zu hören. Bor sprang auf und richtete den Lichtstrahl rückwärts, auf die Schuppentür. Die Klinke bewegte sich auf und ab. Die Tür sprang ein kleines Stück auf, knallte aber sofort gegen den Sack Zement, den Bor zur Seite geschoben hatte.

Jeppe fluchte. Seine Finger griffen um die Tür herum.

Bor ließ seine Taschenlampe herumflitzen. Das Licht schoss über das alte Fahrrad, die Farbdosen, die Holzbalken, die Rohre, die Dosen und den anderen Müll. Nirgendwo ein Ausweg oder ein Versteck. Jeppe donnerte gegen die Schuppentür. Der Zementsack ruckte ein bisschen.

Bor richtete die Taschenlampe auf die Kelleröffnung. Er sprang neben mich auf die Treppe und raste an mir vorbei nach unten.

»Nein«, zischte ich. Ich wollte nicht zurück in den Keller.

Die Schuppentür ging auf.

Jeppe.

Er hatte nur eine Unterhose und das schwarze T-Shirt mit den Flammen an. Er sprang auf mich zu.

Ich schoss hinter Bor die Treppe hinunter und zog die Luke zu. Bumm!

»Wart nur …!«, hörte ich über mir, und dann einen gedämpften Aufschrei und »Scheißameisen …«.

Bevor ich die Kette wieder festmachen konnte, zog Jeppe die Luke ein bisschen hoch. »Komm her!«, schrie er.

Bor kam mir zu Hilfe, er sprang neben mich und zog mit beiden Händen die Luke nach unten. Er hängte sich mit seinem ganzen Gewicht an den Handgriff. Während Bor stöhnend die Luke nach unten zog, versuchte ich, die Kette wieder durch den

Handgriff zu fummeln und den Schlüssel ins Schloss zu schieben. Die Luke hopste auf und ab und der Schlüssel rutschte mir fast aus den Händen. Bor wurde mit der Luke nach oben gezogen, seine Absätze klapperten über die Stufen. Er stemmte die Füße gegen die Treppe und zog mit aller Kraft die Luke nach unten. Ich schlang die Kette um eine Stufe, steckte den Schlüssel ins Schloss und drehte ihn um. Fertig.

Bor rieb sich die Hände. Jeppe rüttelte an der Luke. Die Kette klirrte erst, dann lag sie still.

»Trottel«, rief Jeppe von oben.

Bor grinste und stieß mich in die Seite.

In diesem Moment begann die Decke zu zittern. Das hatte ich schon befürchtet.

Etwas Schweres wurde geschoben. Bor grinste schon nicht mehr.

»He!« Er schlug mit den Fäusten auf die Luke. »Das kannst du nicht machen. Lass mich raus! Ich habe mit eurem Krieg nichts zu tun!«

»Dann hättest du dich auch nicht einmischen sollen«, brummte Jeppe von oben.

Fußschritte. Knarren der Schuppentür. Bumm, zu. Und dann nichts mehr.

Noch immer Freitagnacht

Wir standen nebeneinander auf der Treppe. Zusammen eingesperrt in dem dämmrigen Keller. Bor kapierte überhaupt nichts.

»Was soll das? Was ist das für ein Bruder?«

Ja, was soll man da sagen? Das ist Jeppe, mein Bruder. Mein

einziger Bruder. Ein Bruder, der uns in einem Geheimkeller einsperrt. Ein Bruder, der uns die ganze Nacht hier sitzen lassen kann, und morgen und übermorgen auch noch, und dabei kenne ich dich gar nicht, Bor.

Ich sagte also nichts.

Bor lief die Treppe hinab. Er leuchtete mit seiner Taschenlampe herum. Das Licht spiegelte sich auf den Behältern wider, Lichtflecke glitten über die Wände und die Decke. Ein paar Insekten wachten auf, ich hörte sie rascheln. Die Heuschrecken krochen neugierig am Glas hoch.

Bor beugte sich über die Hirschkäfer, wo das Birnchen brannte.

Ich stieg auch die Treppe hinunter und knipste ein paar Lämpchen an. Bor beobachtete mich dabei. Bei jedem Behälter wurden seine Augen größer.

»Wow«, seufzte er. »Sind das alles deine? Hast du das alles gebaut?«

Ich nickte. Bors Augen leuchteten. Ich spürte ein angenehmes Kitzeln im Bauch.

Ich zeigte ihm die Rosenkäfer und die Grillen und die Blattheuschrecken. Ich setzte eine Blattheuschrecke auf seinen Arm.

Bor fielen fast die Augen aus dem Kopf. Er schien vergessen zu haben, dass wir eingeschlossen waren.

Nach einer Weile sagte ich: »Bor? Jeppe kann uns bis morgen hier sitzen lassen. Meine Mutter kommt erst morgen Nachmittag nach Hause. Oder übermorgen.«

Bor erschrak.

»Er will dich doch nur ein bisschen ärgern«, sagte er. »Er lässt uns doch bald wieder frei, oder?«

»Da kennst du Jeppe schlecht.«

Bor starrte die Blattheuschrecke an, die über seine Fingerspitzen kletterte. »Dann schreien wir einfach durch das Gitter. Irgendjemand wird schon wach.«

Ich schüttelte den Kopf. »Dann ist der Keller nicht mehr geheim.«

»Warum muss er denn unbedingt geheim bleiben?«

»Es ist so.« Ich konnte ihm unmöglich von dem Drachen und Mam und dem Geheimnis erzählen.

Bor fand den Keller viel zu schön, um ihn allein für mich zu behalten. Er fand, ich müsste ein Museum daraus machen, und unsere Klasse sollte zur Besichtigung kommen.

Ich stellte mir vor, wie alle hier unten zwischen meinen Behältern herumliefen. Ich hörte das Stimmengewirr. Ich sah sie schon an die Gläser tippen. Ich hörte sie schon lachen.

»Spinnerling hat seine Läuse in Gefäße gestopft!«

»Ihhh! Spinnerling züchtet Kakerlaken!«

»Spinnerling spinnt.«

Ich rieb mir die Augen. »Sie werden mich auslachen. Wie damals, mit dem Spinnerling …«

Und dann erzählte ich ihm von der selbst gemachten Kreuzung zwischen Spinne und Schmetterling. Von dem Glas in Liekes Schrank.

»Deshalb nennen sie dich so ...« Er kratzte sich die Locken.

»Aber das hier ist etwas anderes. Das findet jeder toll. Was ist hier drin?« Er deutete auf meine Gottesanbeterin.

Und ich erzählte ihm von Jackie Chan, darüber, dass sie Karate kann, und so weiter.

Wir fütterten sie mit einer Grille. Bor sprang auf und klatschte in die Hände. Er rannte von einem Behälter zum anderen und fragte mir ein Loch in den Bauch.

So waren wir stundenlang beschäftigt. Es war mitten in der Nacht. Bor rannte noch immer herum und ich erzählte. Als ich alles gezeigt hatte, setzten wir uns auf meinen Schreibtisch.

Ich erzählte von Jeppes neuem Schlagzeug und den Schlagzeugbombardierungen.

Bor deutete zur Decke. »Dein schlimmster Feind hat sein Zimmer also direkt hier drüber?«

»Leider.«

Draußen erklang leises Getröpfel. Durch das Gitter sah ich, dass es angefangen hatte zu regnen.

»Ist dein Bruder immer so drauf?«, fragte Bor.

Ich schüttelte den Kopf. »Früher nicht. Früher haben wir alles zusammen gemacht, als Ward noch gelebt hat.«

»War das euer Hund?«

»Nein, unser Bruder.«

»Oh.« Bor zog die Augenbrauen zusammen. Er schaute zur Seite. »Das habe ich nicht gewusst.«

Ich deutete auf den halben Drachen. »Der ist von ihm. Den hat er gezeichnet.«

»Schön.«

»Er konnte sehr schön zeichnen.«

»War er krank, dieser Ward?«

Ich nickte. »So was Ähnliches.« Ich baumelte mit den Beinen.

»Was hatte er?«

»Er war völlig normal. Aber manchmal bekam er Kurzschlüsse im Kopf. Dann hat sich sein ganzer Körper geschüttelt, als hätte er innerlich ein Erdbeben.« Ich schaute auf meine Füße. »Ich weiß es nicht mehr so genau, ich war erst acht.«

Wir schwiegen. Bor baumelte mit den Beinen, genau wie ich. Draußen hörte man es regnen.

»Weißt du«, sagte Bor, »als ich neu in die Schule kam, fand ich dich wirklich seltsam.«

»Ich fand dich doof«, murmelte ich.

Er grinste. »Nein, ich fand dich nicht seltsam«, fuhr er fort, »sondern unheimlich. Du hast so düster geguckt, genau wie dein Bruder. Und du hast dich genauso gemein verhalten.«

Ich sagte nichts.

»Warum hast du das getan?«, fragte Bor.

»Schwebfliegen sind gelb mit Schwarz und sehen genau aus wie Wespen«, sagte ich. »Darüber erschrecken die Vögel und lassen sie deshalb in Ruhe. Aber Schwebfliegen tun niemandem was zuleide.«

»Hach? Warum sagst du das? Du bist doch keine Schwebfliege, oder?«

»Nein, aber ich weiß es nicht. Manchmal tue ich, als wäre ich eine Wespe. Keine Ahnung, warum.«

Bor schaute mich lange an.

Dann sprang er vom Tisch.

»Komm, Wespe. Wir werden Jeppe stechen.« Er rieb sich die Hände und schaute sich um.

Er deutete auf das Abhörrohr. »Was ist das?«

Ich erzählte ihm von dem abgesägten Heizungsrohr, das unter Jeppes Bett rauskommt. Dass ich alles genau hören konnte, weil das Ende offen ist.

Er betrachtete das Rohr genau. »Da passen wir nie durch«, murmelte er, »aber deine Insekten.«

Ich sprang hoch.

Bor sprach weiter: »Es müssen Tiere sein, die ihn aufwecken, Tiere, die ihn irritieren.«

Ich deutete auf den Wespenbehälter. »Jeppe hasst Wespen.«

»Perfekt«, sagte Bor.

Ich kapierte nicht, worauf er hinauswollte. Jeppe mit Wespen aus seinem Zimmer jagen, und dann?

»Ich sehe ihn schon durch den Lukenspalt schimpfen und schreien«, sagte ich. »Und was bringt uns das?«

»Nein, wir machen das Schloss auf. Die Luke muss aufgehen«, sagte Bor.

»Bist du verrückt? Dann packt er uns und schlägt uns zusammen und vermutlich lässt er keinen einzigen Behälter heil.«

»Nein«, sagte Bor grinsend, »dann packen wir *ihn*.«

Das ist unser Plan:

Erstens: der Wespenangriff

1. Trichter falten (aus einem Stück Papier) mit einem kleinen Loch und ihn umgedreht an das Abhörrohr kleben (mit Klebeband).
2. Wespentopf unter den Trichter halten … (Wespen wollen immer nach oben flüchten).
3. Deckel abnehmen. Angriff!

Dann: Der Hinterhalt

A. Keller fast ganz dunkel machen (aber so, dass wir Jeppe gerade noch sehen können).
B. Uns unter der Treppe in den Hinterhalt legen.
C. Das Seil festhalten, um Jeppe zu fesseln.
D. Still sein.

Um 2:45 waren Bor und ich bereit. Wir saßen unter der Treppe. Dicht über unserem Kopf die Stufen. Bor hielt das Seil in der Hand, ich nichts.

Wir hatten das Glas mit den Wespen unter das Abhörrohr gehalten und sie waren alle hineingeflogen. Um dafür zu sorgen, dass sie nicht zurückkommen konnten, klebte ich das Rohr mit Klebeband zu. Einen Weg zurück gab es nicht mehr.

Es war unangenehm dunkel im Keller. Nur das Lämpchen bei den Hirschkäfern war noch an und warf große Schatten von Blättern an die Wände.

Wir warteten.

Ich bekam einen Krampf in den Beinen.

Wir schauten durch die Stufen zur Mauer vor uns. Ein enormer Schatten kroch darüber. Ein Monster mit meterlangen Greifzangen.

Bor verkrampfte sich und kniff mich in den Arm. Ich hörte ihn schneller atmen.

Ich beugte mich zu seinem Ohr. »Ein Hirschkäfer«, flüsterte ich leise. Ich deutete auf den Behälter, aus dem der Schatten kam. Bor ließ meinen Arm los.

Unter der Treppe war es so dunkel, dass ich meine eigenen Hände nicht sehen konnte. Ich überlegte, dass ich genauso gut Klauen haben könnte statt Hände, ich würde es nicht sehen können. Oder vielleicht Panzerbeinchen. Oder Füße mit Saugnäpfen.

So saßen Bor und ich da unter der Treppe und warteten und warteten.

Wir sitzen noch immer da. Beziehungsweise ich sitze, Bor lehnt zusammengesackt an der Wand. Er ist eingeschlafen.

Ich habe mein Heft geholt und schreibe und zeichne beim Licht meiner Taschenlampe. Bor schnarcht leise.

Noch immer ist von oben nichts zu hören. Ist vielleicht doch etwas schiefgegangen? Wir haben die Wespen schon vor einer Dreiviertelstunde losgelassen.

Wo sind sie geblieben?

Warum wird Jeppe nicht w

Jetzt haben wir Samstagnachmittag und ich sitze in meinem Zimmer. Es ist keine zehn Stunden her, dass ich mit Bor unter der Kellertreppe saß. Es kommt mir vor, als wären es zehn Tage. Mir tut der Kopf weh, ich bin todmüde und fühle mich schrecklich, aber ich muss erzählen, was passiert ist. Alles flitzt noch durch meinen Kopf.

Wenn wir gewusst hätten, was passiert, hätten wir die Wespen nie freigelassen. Wir hätten uns nie und nimmer in den Hinterhalt gelegt.

Ich werde dir berichten, was gestern Nacht passiert ist, von dem Moment an, als unser Plan zu funktionieren begann.

Freitagnacht
Ungefähr 3:30

Jeppe war *doch* von den Wespen geweckt worden. Warum es so lang dauerte, weiß ich nicht, aber gegen halb vier hörte ich Geräusche. Schnell knipste ich meine Taschenlampe aus, legte mein Heft zur Seite und schüttelte Bor an der Schulter. Er schreckte hoch, richtete sich auf und stieß mit dem Kopf gegen die Treppe. Mit einem Schlag war er hellwach.

Wir machten uns bereit. Bor mit dem Seil, ich mit bloßen Händen.

In Jeppes Zimmer klatschte etwas auf den Boden, vielleicht ein Becken vom Schlagzeug. Stampfen. Fluchen. Dann nichts mehr.

Es wurde still. Sogar die Heuschrecken schwiegen.

Ich versuchte, so leise wie möglich zu atmen.

Im Schuppen war Geschiebe zu hören. Quietschend ging die Luke auf. Licht fiel herein.

»Du Mistkerl«, keifte Jeppe. »Ich weiß nicht, wie du das schaffst, aber du gehst jetzt echt zu weit …«

Über unseren Köpfen knarrten die Stufen.

Ich zählte: 1, 2, 3 … Bei der 13., der vorletzten Stufe, musste ich zugreifen. 4, 5, 6 …

Ich hielt meine Hände bereit oder meine Klauen oder was auch immer. 7, 8, 9 …

Vor meiner Nase sah ich einen nackten Fuß auf der Stufe landen. Mich durchfuhr ein Blitz. Meine Arme schossen schon nach vorn – vier Stufen zu früh –, aber meine Hand hielt den Knöchel bereits umklammert und zog daran. Ich war wie eine Heuschrecke, die ihr Opfer packt.

Alles geschah innerhalb von ein paar Sekunden. Ich sehe es noch genau vor mir, in Zeitlupe, wie eine Fliege die Dinge sieht.

(Fliegen sind viel schneller als wir. Deshalb geht für sie die Zeit langsamer vorbei. Für sie sind ein paar Tage ein ganzes Leben, ein paar Sekunden fühlen sich an wie ein paar Stunden. Wenn du versuchst, sie totzuschlagen, sehen sie deine Hand in Zeitlupe ankommen. Für uns ist es eine Sekunde, für die Fliege genug Zeit, um noch einen Zuckerkrümel zu naschen, sich den Mund abzuwischen, die Flügel auszufalten, sich abzustoßen und loszufliegen. Genau so erlebte ich die folgenden Sekunden:)

Ich ziehe den Knöchel zwischen den Stufen hindurch auf mich zu, die Ferse schabt an einer Stufe entlang, und ich sehe Jeppe nach vorn fallen, die Arme vor sich ausgestreckt. Er schreit nicht, er gibt keinen Ton von sich, er fällt und fällt.

Bor kneift mich in die Schulter und rast unter der Treppe hervor auf den stürzenden Jeppe zu, das Seil in den Händen. Ich habe den Knöchel losgelassen und sehe zu, wie Jeppe fällt – es ist eher wie untertauchen. Bor rennt, Jeppe taucht und taucht, sein Kopf schlägt mit einem dumpfen Knall auf den Kellerboden, auch seine Arme klatschen auf den Boden, patsch, patsch.

Bor bückt sich zu Jeppe, nimmt seine Hand, dreht sie auf den Rücken – und da hätte ich schon sehen müssen, dass etwas schiefgegangen war, der Arm war ganz schlaff –, Bor setzt ein Knie auf Jeppes Rücken, greift auch die andere Hand und bindet mit dem Seil beide Hände auf dem Rücken fest, und ich stehe noch immer hinter der Treppe und schaue und schaue, ich sehe, was passiert, ich bin ganz nahe, aber es ist, als wäre ich nicht dabei, als würde alles hinter Glas passieren.

Bor richtet sich auf und macht ein paar Schritte rückwärts, die Hände vorgestreckt, als hätte er gerade einen Tiger gefangen, der jeden Moment wieder angreifen könnte.

Es dauerte höchstens zwei Sekunden.

Zwei Sekunden, in denen die Welt zusammenbrach.

Jeppe bewegte sich nicht.

Licht fiel durch die Luke herein und malte ein Rechteck auf den Boden, ein Rechteck, in das Jeppe genau hineinpasste.

Er lag auf dem Bauch, die Hände auf den Rücken gebunden. Auf seinem T-Shirt, zwischen den Schultern, war das Bild eines Pferds mit Flammen. Wir wagten nicht zu atmen.

Im Keller war es schrecklich still. Kein Geraschel, kein Zirpen, kein Nagen, nichts.

Ein Arm rutschte aus dem Seil und fiel mit einem Plopp auf den Boden. Bor und ich sprangen zurück. Aber nichts geschah. Das Seil lag locker auf Jeppes Rücken. Es war nicht richtig zugebunden.

Jeppe bewegte sich noch immer nicht.

»Uff«, sagte Bor. Er starrte und hörte nicht auf zu starren.

Alles stand still.

Ich drehte den Kopf weg. Schwaches Licht fiel auf den halben Drachen an der Wand. Seine Augen funkelten dunkel. Er schaute mich unter seinen Augenbrauen an, seine Nasenlöcher waren aufgebläht. Er war bereit, Feuer zu speien, um mich zu verbrennen …

Bor machte einen Schritt.

»Nicht anfassen«, flüsterte ich.

»Er ist mein Bruder«, flüsterte ich.

Ich lief zu Jeppe hin. Ich kniete mich neben ihn und legte eine Hand auf seine Schulter. Ich schüttelte ihn. Er war schwer.

»Vielleicht hat er sich was gebrochen?«, murmelte Bor.

Vorsichtig beugte ich mich über ihn.

Seine Augen waren geschlossen. Seine Nase lag platt gedrückt auf dem Beton. Seine Lippe war aufgerissen und blutete.

»Ich … Ich gehe Hilfe holen«, sagte Bor und lief, immer zwei, drei Stufen auf einmal nehmend, die Treppe hinauf.

Ich blieb mit Jeppe zurück.

Ich starrte den Jungen an, der da unten an der Treppe lag, und ich sah Ward.

Es war Jeppe. Aber ich sah Ward.

Und in diesen paar wie eingefrorenen Sekunden wusste ich: Ich bin genau wie Jeppe. So hat Jeppe neben Ward gekniet, als er ihn gefunden hat. Und so knie ich nun neben Jeppe. Wir sind zwei Brüder. Zwei schreckliche Brüder.

In diesem Moment stieg ein Gedanke in mir auf, den ich die ganze Zeit wegzuschieben versucht hatte, ich konnte ihn nicht mehr zurückhalten. Der Gedanke war groß und kalt und ging nicht mehr weg: Jeppe ist tot. Das wusste ich genau.

Der Gedanke begann in meinem Kopf und schoss über meinen Rücken bis in meine Zehen und zog durch meinen ganzen Körper. Und ich fühlte, vielleicht glaubst du nicht, was ich dir jetzt erzähle, ich fühlte, dass meine Haut ganz hart wurde. Ich konnte sie knacken und knistern hören. Sie tat nicht weh, sie wurde nur steif, als würde sich eine Schicht Eis darauf bilden. Meine Haut wurde zu einem glänzenden, harten Panzer. Ich sah, wie der Arm, die Hand, die auf Jeppes Schulter ruhte, sich in eine schmale, knochige Pfote verwandelte. Mein Nacken schrumpfte und mein Kopf ging in die Schultern über, an meinen Seiten bildeten sich zwei weitere Beine. Und mein Rücken, das fühlte sich noch am seltsamsten an, wurde breiter und schwer, es juckte und zog, ich fühlte das Gewicht an mir ziehen, bis ich nach hinten fiel. Ich war ein Tier. Mein Bruder war tot. Meine Schuld.

Alles wurde schwarz.

Als ich die Augen wieder aufmachte, sah ich die Risse in der Kellerdecke. Mein Rücken fühlte sich kalt an.

Ich bin ein Tier, dachte ich, und ich streckte meine Pfoten nach oben, um sie zu betrachten, aber sie waren einfach Hände. Hände aus Fleisch und Blut und mit Fingern und Fingernägeln.

Ich rappelte mich auf. Mir war schwindlig. Mein Kopf tat weh. Ich war vielleicht ein paar Sekunden lang weg gewesen.

Da lag er, Jeppe. Auf dem Bauch, die Arme neben sich. Ich hoffte, es wäre ein Albtraum und ich würde gleich aufwachen, aber ich wachte nicht auf. Ich hatte ihn verloren.

Ein Käfer kroch über sein Handgelenk. Ein Totengräber.

Und dann musste ich wieder an Ward denken. Und an dich. An dich, der jetzt dieses Heft in der Hand hält. Ich habe dir schon so viel erzählt. Fast alles. Ich muss dir das Geheimnis erzählen. Ich sah den Totengräber krabbeln und beschloss, dass es rausmusste. Und nicht, wie ich früher dachte, um Jeppe anzuschwärzen. Nicht um den Deal zu brechen. Ich muss es erzählen, um zu zeigen, dass Jeppe *kein* Monster ist. Er ist mein Bruder. Das stinkende Geheimnis muss raus, weil dieser Krieg aufhören muss. Weil wir viel zu weit gegangen sind. Ich muss es erzählen, um Jeppe von dem Geheimnis zu befreien.

Und da bewegte er den Arm.

Ich sah es genau. Der Arm zuckte. Der Arm schüttelte den Käfer von sich. Die Finger wackelten. Jeppe war nicht tot.

Er stöhnte. Er stöhnte und fluchte und richtete sich langsam auf. Er spuckte auf den Boden und tastete über seinen Kopf.

Dann erst sah er mich. Ich lächelte. Ich konnte nicht anders, meine Lippen verzogen sich von selbst zu einem Lächeln.

Ich stammelte: »Ich … Ich dachte, du wärst tot, ich dachte es wirklich … ich dachte, jetzt habe ich überhaupt keinen Bruder mehr, ich … ich bin ein Tier.«

»Das kannst du wohl sagen«, murmelte Jeppe und rieb sich über den Kopf.

Er betrachtete seine Finger. Sie waren blutig.

»Mein kleiner Bruder stellt mir eine Falle und ich tappe direkt hinein. Scheiße.« Er lachte und hustete zugleich.

Er kniff die Augen zu und rieb sich den Nacken.

»Du willst den Keller wirklich nicht aufgeben, was?«

Ich machte den Mund auf, um zu antworten, doch plötzlich schwang er in einer seltsamen Bewegung den Arm nach vorn. Ich konnte gerade noch ausweichen. Jeppe schlug daneben, verlor das Gleichgewicht und klammerte sich an meinem Pullover fest. Er keuchte und zog mich zu seinem Gesicht. Blut klebte in seinen Haaren. Aus seiner Lippe lief ein kleines Rinnsal. Sein Atem roch nach Erbrochenem. »Dreckige Mistfliege …« Aus seinen hellblauen Augen schoss Feuer.

»Es war keine Absicht«, stotterte ich. »Wir wollten dich nur festbinden. Ich … Ich brauche diesen Keller nicht, ich möchte, dass es aufhört. Du darfst nicht sterben, Jep. Nie darfst du sterben, nie.« Ich hatte einen Knoten in der Stimme, meine Augen wurden nass, ich blinzelte, so viel ich konnte, und versuchte, meine Tränen wegzudrücken. Das gelang nicht so recht.

»Nicht du auch«, rotzte ich immer wieder.

Jeppe starrte mich an, sein Mund ging auf, er schluckte etwas hinunter. Er ließ meinen Pullover los. Er schaute sich um. Sein Blick blieb an dem halben Drachen hängen.

Und dann geschah etwas, was ich kaum erzählen kann. Ich zweifle immer noch daran, ob ich es wirklich gesehen habe. Jeppe explodierte.

Er zitterte am ganzen Körper, krümmte sich, rollte sich wie eine Raupe zusammen, die angegriffen wird. Ein hoher Ton kam aus seinem Körper, ein Ton, der mir durch Mark und Bein ging. Alle Insekten in den Behältern um uns herum erschraken und sprangen gegen das Glas. Jeppe zitterte, als könnte er nie mehr aufhören.

Insekten, die sich selbst einrollen, sollte man besser nicht anfassen, sie könnten stechen oder Schleim absondern. Aber Jeppe ist kein Insekt.

Ich legte die Hand auf seinen zitternden Rücken. Er erschrak.

»Hidde?«, erklang es über mir. Bor stand oben an der Treppe.

Er sagte, er habe seinen Vater nicht aus dem Bett bekommen, er hatte ihm nicht glauben wollen. Er meinte, Bor hätte geträumt. Aber seine Schwester würde gleich kommen, sie ziehe sich an, sie habe einen Erste-Hilfe-Kurs gemacht.

Ich sagte, es gehe schon wieder. Jeppe lebe noch. Er solle uns in Ruhe lassen.

»Bist du sicher? Ich bin gut in Knochen und Skeletten und so, vielleicht kann ich sehen, ob er etwas gebrochen hat …«

Ich sagte, das sei nicht nötig, er solle uns bitte kurz allein lassen. Er trödelte noch eine Weile oben an der Treppe herum, dann verschwand er.

Jeppe zitterte noch immer unter meiner Hand.

»Jeppe«, sagte ich, »wir müssen es erzählen. Das von Ward.«

»Nie«, keuchte er. Er schüttelte den Kopf.

»Weißt du«, sagte ich, »ich habe dich immer Schlupfwespe genannt, eine Schlupfwespe, die von innen alles kaputt macht. Aber *du* bist nicht die Schlupfwespe. Das Geheimnis ist die Schlupfwespe. *Das Geheimnis* frisst alles auf und sorgt dafür, dass wir uns gegenseitig kaputt machen. Es muss raus. Es muss raus, bevor es noch mehr kaputt macht.«

Jeppe schüttelte immer noch den Kopf. Er murmelte etwas.

Erst als ich mein Ohr näher zu ihm brachte, hörte ich, was er sagte: »Das geht nicht … das geht nicht … Mama … Mama schafft das nicht.« Seine Stimme war so dünn wie Papier.

Er hörte nicht auf, den Kopf zu schütteln, und murmelte: »Es geht nicht … geht nicht …«

»Aber das Geheimnis muss raus. Wir können es nicht mehr zu zweit tragen … Es ist zu groß … Es zerstört alles.«

»Ich kann es nicht«, sagte er fast unhörbar.

»Dann tu ich es«, sagte ich.

Über mir hörte ich Schritte. Jeppe richtete sich ein bisschen auf, er streckte die Hand aus und packte meine Schulter.

»Nicht. Nichts sagen …«, flüsterte er.

Auf einmal schien er sehr klein zu sein. Wie auf dem alten Foto von ihm und mir und Ward am Strand. Er griff sich wieder an den Kopf.

Über uns waren Schritte zu hören. Bors Schwester kam eilig die Treppe herab. Sofort dahinter kam Bor. Sie schaute sich kaum um, sondern kniete sich sofort zu Jeppe, der vor der Treppe auf dem Boden saß. Sie bat Bor um seine Taschenlampe.

»Jeppe, schau mich an«, sagte sie.

Jeppe schaute hoch. Sie hob sein Kinn und leuchtete ihm in die Augen. Jeppe schaute sie nicht an. Er schaute zur Seite, zu mir.

Noch immer Freitagnacht oder eigentlich Samstagmorgen

Es sehe nicht gut aus, sagte Rosa. Sie betrachtete Jeppes Kopf von allen Seiten.

Mir schoss alles Mögliche durch den Kopf: Vielleicht hat er einen Riss im Schädel, vielleicht ist er gelähmt, vielleicht kann er nie mehr Musik machen.

Bor und ich hoben Jeppe auf und schleppten ihn die Treppe hoch, er war noch ganz schlaff. Inzwischen rannte Rosa nach Hause, um ihren Vater zu wecken. Ihr glaubte er offenbar schon. Er knöpfte noch das Hemd zu, als er angelaufen kam.

Wir erzählten ihm, Jeppe sei die Treppe hinuntergefallen und Mam übernachte bei ihrer Schwester.

Als er Jeppe sah, sagte er, wir müssten gleich zur Notaufnahme fahren. Er meinte auch, ich solle sofort Mam anrufen. Während wir zum Auto eilten, drückte er mir sein Handy in die Hand.

Bor ging mit. Bors und Rosas Vater meinte, sie sollten beide zu Hause bleiben, aber Bor wollte unbedingt mit.

»Ich hoffe, dass sie Röntgenaufnahmen machen und dass man alle Knochen sieht«, flüsterte Bor, als wir ins Auto stiegen, »ich liebe Knochen.«

Ich stellte mir eine Röntgenaufnahme von Jeppes Schädel mit einem Riss darin vor. Mir wurde ganz schlecht.

»Sorgt dafür, dass er wach bleibt«, legte Rosa uns ans Herz. Sie sagte es zu uns, schaute aber Jeppe an.

Wir fuhren los.

Jeppe war benommen. Er drückte ein Küchenhandtuch an den Kopf.

Ich tippte Mams Nummer ins Telefon. Während ich auf das Freizeichen wartete, sah ich Jeppe, der mich mit zusammengekniffenen Augen anschaute. Seine Lippen formten lautlos: »Du hältst den Mund.«

Ich bekam die Mailbox.

Ich stotterte, sie solle zurückrufen, Jeppe habe einen Unfall gehabt. Sonst nichts. Ich fühlte Jeppes bohrenden Blick. Im Krankenhaus deutete ein Mädchen an der Aufnahme auf eine Tür, wir durften gleich weitergehen. Der Arzt war eine Frau mit großen Zähnen und einem Pony bis über die Augen. Mir kam das sehr unbequem vor: Wie kann man mit so was Patienten richtig betrachten?

Jeppe musste sich auf ein hohes Bett setzen. Bor und sein Vater und ich saßen auf einer Bank an der Seite, während die Ärztin Jeppe untersuchte.

Sie leuchtete mit einem Lämpchen in seine Augen und stellte ihm alle möglichen viel zu einfache Fragen. Welcher Tag heute war. Wie sein Bruder heiße. (Hidde, sagte er.)

Sie fragte auch, was er noch von dem wisse, bevor er gestürzt war. Wo er da war.

Jeppe schaute zu mir.

»Ich bin die Treppe hinuntergegangen«, murmelte er.

»Weißt du noch, welche Treppe«, fragte die Ärztin.

Jeppe zögerte.

»Die Kellertreppe«, sagte ich.

Die Ärztin warf mir durch ihren Pony einen Blick zu. »Das nützt uns nichts, wenn du ihm hilfst.«

Sie drehte sich zu Jeppe um. »Was hast du im Keller gemacht, weißt du das noch?«

Jeppe schwieg.

»Erzähl's doch!«, rief ich. »Der Keller ist kein Geheimnis mehr.«

Die Ärztin seufzte und schaute mich streng an.

»Warum bist du gestürzt?«, fragte sie Jeppe.

Ich biss mir auf die Lippe.

»Ich bin ausgerutscht«, murmelte Jeppe, »einfach dumm ausgerutscht.«

Ich sprang von der Bank. »Stimmt nicht, Mann. Sag es. Sag, was passiert ist.«

Die Ärztin rollte mit den Augen und ließ das Lämpchen sinken.

»Ich muss euch wirklich bitten, nebenan zu warten«, sagte sie.

Bor und sein Vater standen sofort auf.

»Natürlich, entschuldigen Sie bitte«, sagte Bors Vater. Er legte die Hand auf meinen Rücken und schob mich sanft Richtung Tür.

»Sag's, Jeppe. Erzähl von dem Krieg. Und vom Wespenangriff. Und wie ich dich beinah …« Weiter kam ich nicht, ich wurde hinausgeschoben.

Bor sank auf eine Bank an der Wand und starrte auf seine Schuhe. Sein Vater hatte die Augenbrauen hochgezogen.

»Krieg?«, fragte er. »Wespenangriff? Bist du etwa auch auf den Kopf gefallen?«

Er legte eine Hand auf meine Schulter und schaute mich forschend an. Ich schüttelte seine Hand ab.

»Mir fehlt nichts. Mein Bruder und ich hatten Krieg, und der ist aus dem Ruder gelaufen. Nicht wahr, Bor?«

Bor nickte. Ich ließ mich neben ihn fallen. »Ich bin nur müde. Und ich habe Hunger. Ich habe seit gestern Mittag nichts mehr gegessen, nur einen Apfel.«

Ich war nicht der Einzige, der Hunger hatte. Von Bors Vater bekamen wir beide einen mit Marzipan gefüllten Kuchen aus dem Automaten.

»Ihr spielt also Krieg, mitten in der Nacht?«, fragte Bors Vater.

Ich schüttelte den Kopf. Und dann fing ich an zu erzählen. Ich hatte es so satt, alles geheim zu halten.

Ich erzählte von meinen Insekten und dem Schlagzeug, vom Krieg und den Trommelbombardierungen. Von den ertrunkenen Blattheuschrecken, dem Einschließen und dem Wespenangriff.

Bors Vater hörte mit großen Augen zu. Als ich von dem Hinterhalt erzählte, den Bor und ich gelegt hatten, rutschte Bor auf der Bank hin und her.

»Ist das wahr, Bor? Wie kannst du dir so etwas ausdenken? Jemanden eine Treppe runterfallen lassen, bist du denn komplett verrückt?« Er packte Bor an der Schulter.

»Es war vor allem mein Plan«, sagte ich schnell.

»Aber dass du bei so etwas mitmachst … Schau mich an, Bor!«

Bor blickte hoch. Er biss sich auf die Lippe.

Sein Vater schüttelte den Kopf und seufzte. »Wir sprechen uns noch.«

Nach einer Weile kam Jeppe mit einem großen weißen Pflaster über dem rechten Auge. Er sah ein bisschen aus wie ein Pirat, mit einem schiefen Augenverband. Die Ärztin sagte, sie habe die Wunde auf seinem Kopf genäht und dass er eine leichte Gehirnerschütterung habe. Und sie erklärte, wie wir ihn pflegen konnten.

Als wir zum Auto zurückgingen, sah ich, dass die Sonne bereits aufging. Das Telefon von Bors Vater klingelte.

»Das muss eure Mutter sein.« Er wollte das Telefon Jeppe geben, aber der schüttelte den Kopf. Also nahm ich es.

»Unfall? Was für ein Unfall?« Mams Stimme piepste und hörte sich an wie Schluckauf.

Ich versuchte, es so zu erzählen, dass sie sich nicht allzu viele Sorgen machte. Ich sagte immer wieder, es sei eine *leichte* Gehirnerschütterung. Dass er die Treppe heruntergefallen sei. Und dass wir gerade im Krankenhaus waren. Es gelang mir nicht ganz gut.

Mam sagte nach fast jedem Satz »Nein …« Was natürlich nichts half. Ich hätte auch gewollt, dass alles nicht wahr war.

Sie würde auf der Stelle nach Hause kommen.

Auf der Rückfahrt im Auto sagte keiner ein Wort. Wir schauten hinaus. Der Himmel färbte sich rosa.

Wir hatten gerade vor unserem Haus geparkt, als ein rotes Autochen angerast kam. Es war Mam, sie hatte sich Tante Fennas Auto geliehen. Sie fuhr halb auf den Bürgersteig und sprang heraus. Die Haare standen ihr wild um den Kopf und ein Büschel ragte nach oben.

Sie sah Jeppe mit dem Pflaster über dem Auge und schlug die Hand vor den Mund.

Sie nahm ihn ganz vorsichtig an den Schultern. »Es tut mir leid, es tut mir so leid«, sagte sie leise.

Dann sah sie Bors Vater an. »Vielen Dank, ich danke Ihnen sehr. Ich lasse sie normalerweise nie lange allein, eigentlich. Aber meine Schwester sagte ... Sie sind sehr selbstständig, meine Söhne. Sie denken bestimmt ... was für eine schlechte Mutter ... Und eigentlich haben Sie recht, ich hätte nie ...« So redete sie noch eine Weile weiter. Ich versuchte, nicht zuzuhören, ich bekam Bauchweh davon. Bors Vater stand neben seinem Auto und nickte ein bisschen. Sie müssten jetzt hineingehen, sagte er, Bor hätte noch eine Menge zu erklären. Er legte eine Hand in Bors Nacken und schob ihn zu seiner Haustür. »Rein mit dir«, sagte er.

Bor warf einen Blick über die Schulter. Ich konnte gerade noch »Danke« sagen.

Mam schubste uns nie. Trotzdem hatte dieser Schubs im Nacken etwas, was mir sehr angenehm vorkam. Keine Ahnung, warum.

Mam beugte sich zu Jeppe.

»Es geht schon«, murmelte er. Er schwankte und hielt sich an ihrer Schulter fest.

Wir gingen ins Haus. Jeppe lehnte sich an Mam.

Die Tür von Jeppes Zimmer stand noch offen. Eine Wespe flog hinaus. Jeppe blieb stehen.

»Wart mal«, sagte ich, ging hinein und jagte die letzten Wespen durch das Fenster nach draußen. Ich musste um die

Trommeln, die Becken und die Gitarren herumgehen. Das kleine Zimmer war rappelvoll. Ein Becken stand sogar auf seinem Schreibtisch.

Mam brachte ihn ins Bett. Ich stand dabei. Leise erzählte ich Mam, was die Ärztin über die leichte Gehirnerschütterung gesagt hatte, und dass wir ihn alle zwei Stunden aufwecken müssten. Jeppe sah todmüde aus.

Sie deckte ihn zu und schüttelte den Kopf. »Es tut mir so leid«, sagte sie leise.

Ich runzelte die Stirn. »Unsinn. Es war meine Schuld.«

Erschrocken schaute sie mich an. »Nein. Ich war nicht da. Ich hätte da sein müssen. Da gibt es nichts zu entschuldigen. Es ist nicht deine Schuld.«

»Aber ich habe ihm den Fuß weggezogen. Meinetwegen ist er auf den Kopf gefallen!« Ich vergaß, leise zu sprechen.

»Nein«, sagte Mam ruhig, »es war ein Unfall.«

Jeppe stöhnte und drehte sich um. Mam legte eine Hand auf seinen Arm.

Sie schaute zu mir. »Es ist gut«, sagte sie. »Geh du mal schön schlafen, mein Junge.«

Ich blieb noch eine Weile stehen. Mam drückte mich an sich. Sie roch noch nach Schlaf. Ich drückte meine Nase in ihre Kleider.

»Gute Nacht, Mam«, murmelte ich und atmete ihren Geruch tief ein.

Danach ging ich in mein Zimmer. Ich sank aufs Bett und wachte erst Stunden später wieder auf. Ich war angezogen eingeschlafen.

Samstagnachmittag
18. Juni

Es war schon halb eins, als ich die Augen aufschlug. Ein Streifen Sonnenlicht schien durch die Vorhänge auf mein Gesicht. Ich schob sie zurück und machte das Fenster auf. Ich holte tief Luft. Heute würde ich das Geheimnis enthüllen.

Unten fand ich Mam in der Küche. Sie hatte den Tisch gedeckt. Darauf standen Gläser mit Apfelsaft und gekochte Eier. Jeppe lag in seinem Bett. Er schlief. Ich fragte Mam, ob sie daran gedacht hatte, ihn alle zwei Stunden zu wecken. Sie streichelte mir über den Kopf. Natürlich hatte sie daran gedacht.

Wir aßen ein Butterbrot. Mam saß mir gegenüber. Manchmal war es, als wolle sie etwas sagen, doch dann schüttelte sie wieder den Kopf.

Mam war noch immer Mam. Und trotzdem war etwas anders geworden. Wie sie mich anschaute. Ihre Augen. Ich sah, dass ihre Augen grün waren, mit einem braunen Rand. Die gleichen Farben wie die Augen einer Laubheuschrecke. Das war mir noch nie aufgefallen.

Ich legte mein Messer hin.

»Mam, ich muss dir etwas zeigen.«

Sie schaute mich fragend an.

Ich nahm sie mit in den Schuppen, zur Luke. Es war Zeit.

Als ich die Luke öffnete, klappte ihr der Mund auf. »Was ist das?«

»Das ist mein … unser Keller«, sagte ich.

»Ist er hier gestürzt?«

Ich nickte. »Komm.«

Es war dämmrig im Keller. Ein paar Sonnenstrahlen fielen durch das Gitter. Ich knipste einige Lampen an.

Es war seltsam, wieder hier zu sein. Alles sah aus wie immer und trotzdem anders. An der Stelle, an der Jeppe aufgeknallt war, sah ich einen dunklen Fleck auf dem Beton.

Ich schaute Mam an, die unten an der Treppe stehen geblieben war. Mit offenem Mund und großen Augen, sogar die Tolle auf ihrem Kopf schien sich aufzurichten.

»Was … Was … Was …«, stotterte sie. Sie deutete auf die Behälter.

Sie stand mit dem Rücken zum Drachen. Der streckte den Kopf gerade an ihr vorbei und schaute mich fragend an.

Und dann fing ich an zu erzählen. Vorsichtig.

Ich erzählte, dass Jeppe und ich Streit hatten. Nein, einen Krieg. Dass wir um den Keller kämpften. Dass die ganze Sache aus dem Ruder gelaufen war. Dass er mich und Bor eingeschlossen hatte und wie wir ihn in den Hinterhalt gelockt hatten.

Mam hörte zu und schüttelte den Kopf.

»Aber … warum habt ihr mir nichts davon gesagt?«, fragte sie. »Warum musste das ein Geheimnis bleiben?«

Ich holte Luft. »Weil …« Mein Blick schoss zu dem Drachen hinter Mam.

Mam musste es erfahren. Aber Jeppe hatte mich inständig gebeten, nichts zu sagen.

»Das kann dir Jeppe besser erklären«, sagte ich und presste die Lippen zusammen.

Zögernd ließ Mam das Geländer los und ging zwischen den Behältern hindurch. Sie betrachtete sie nicht wirklich. »Drei Jahre …«, murmelte sie, »schon drei Jahre …«

Sie machte meine Insekten nervös. Ich hörte sie gegen das Glas springen.

Mam schaute sich mein Labor an. Als sie wieder zur Treppe ging, fiel ihr Blick auf den Drachen. Sie schlug die Hand vor den Mund.

»Ward …«, flüsterte sie. »Ein Drache von Ward. Er war hier. Er wusste von dem Keller. Und ich wusste nichts.«

Ich starrte meine Füße an.

Ich wartete. Ich hoffte, sie würde weiter fragen. Oder vielleicht hoffte ich gerade, sie würde es nicht tun.

»Das ist es also«, sagte ich leise. »Das wollte ich dir zeigen.«

Ich lief die Treppe hinauf. Sie folgte mir.

Auf halber Treppe drehte sie sich um. »Dieser Drache … Er ist nicht fertig. Das passt nicht zu Ward. Warum …«

Den Rest hörte ich nicht mehr. Ich war schon oben und trat die Schuppentür mit einem festen Tritt auf.

Das war ziemlich dumm.

Mein Zeh tut immer noch weh.

Ich habe den ganzen Nachmittag in meinem Zimmer gesessen und geschrieben. Jetzt habe ich einen lahmen Arm.

Aber ich bin noch nicht fertig.

Ich werde dir jetzt erzählen, was vor drei Jahren geschehen ist. Ich werde dir das Geheimnis erzählen, das Jeppe und ich die ganze Zeit herumgeschleppt haben.

Ich werde versuchen, es dir genau so zu erzählen, wie es passiert ist.

Wir waren vor nicht langer Zeit in das neue Haus gezogen. Es war der 29. Mai, um genau zu sein. Ward war dreizehn, Jeppe elf und ich acht. Wir hatten gerade erst den Keller entdeckt. Es war ein normaler Mittwochnachmittag. Die Sonne schien. Wir spielten Verstecken. Einfach Verstecken. Im Garten und auf der Straße. Freischlagen war am Zaun.

Ich weiß nicht mehr genau, womit es angefangen hat, aber Jeppe wurde mürrisch und immer mürrischer.

Vielleicht fing es damit an, dass ich mich in dem alten Kaninchenstall versteckt hatte. (In den passte ich damals noch.) Jeppe war dran. Er hatte Ward schon angeschlagen. Jeppe lief an dem Stall vorbei, ich sprang hinaus und wir rannten zusammen zum Freischlagen. Ward stellte sich Jeppe absichtlich in den Weg, sodass ich mich freischlagen konnte. Jeppe begann, zu jammern und zu stoßen. Ward half mir, das tat er öfter.

So ging es weiter. Jeppe und Ward bekamen immer rötere Gesichter. Als Ward gerade knapp vor Jeppe ankam und sich freischlug, lachte er Jeppe aus. Laut und spöttisch. Wenn ich jetzt darüber nachdenke: Ward konnte manchmal ziemlich gemein sein.

Wir spielten noch ein paar Runden, aber eigentlich war es nicht mehr schön. Jeder spielte ein bisschen hinterhältig. Ward stellte Jeppe ein Bein. Ich biss Jeppe, weil ich Ward helfen wollte. Und als Ward ins Haus musste, weil es Zeit für seine Tabletten war, verriet er mir, dass Jeppe sich im Schuppen versteckt hatte.

Beim letzten Spiel war Jeppe wieder dran. Ich stand um die Ecke auf dem Pfad und wurde schnell gefunden. Danach musste Jeppe nur noch Ward suchen.

Ich wartete am Zaun, als Jeppe aus dem Schuppen geschlendert kam, einen Ball in der Hand.

»Wir hören auf«, sagte er.

»Hast du Ward gefunden?«

»Der ist weg. Er hatte keine Lust mehr.«

Er warf den Ball in die Höhe und fing ihn wieder auf. »Komm, wir spielen Fußball.«

Ich zuckte mit den Schultern.

Ich lief mit ihm zum Bolzplatz.

Warum Ward nicht mehr weiterspielen wollte, darüber machte ich mir keine Gedanken.

»Vielleicht will Ward ja mitkommen«, sagte ich.

»Nein.«

»Wo ist er denn?«

»Er will allein sein.«

»Er darf nicht allein sein«, widersprach ich. Das hatten wir Mam versprochen: ihn nie zu lang allein zu lassen.

»Komm schon. Nur ein bisschen. Er will auch mal allein sein.«

Ich beließ es dabei.

Wir gingen zum Feldchen.

Wir spielten mit dem Ball.

Ich entdeckte am Rand des Grabens eine Rückenstreifenkröte, das weiß ich noch.

Wir schlenderten nach Hause. Jeppe brachte den Ball zurück in den Schuppen.

Auf dem Küchentisch lag ein Zettel von Mama. »Bin schnell einkaufen. Kuss.«

Ich schmierte mir Butterbrote.

Eines mit Schokoladenflocken.

Eins mit Kümmelkäse.

Die Hintertür ging auf und Jeppe kam kreideweiß in die Küche.

»Du musst mir helfen«, sagte er leise. »Ward geht es nicht gut.«

»Wo ist er?«, fragte ich.

Jeppe sagte nichts. Ich lief hinter ihm her. Er ging in den Schuppen. Öffnete die Luke.

Ward lag unten an der Kellertreppe. Ich sehe ihn jetzt noch vor mir, so klar wie ein Foto, das auf die Innenseite meines Kopfs geklebt ist. Ein Foto, das ich schon hundertmal zu vergessen versucht habe, zu zerreißen und aus meinem Kopf zu schmeißen.

Er lag auf dem Rücken. Sein Kopf hatte eine seltsame Farbe. Irgendwie violett. Seine Lippen waren dick, dicker als sonst. Er hatte einen Anfall gehabt.

»Es geht ihm nicht gut«, sagte Jeppe immer wieder.

Ich kapierte gar nichts. Ward hatte doch Superkräfte? Ward konnte durch die Nase pfeifen, Ward konnte mich über der Schulter tragen, warum blieb er einfach liegen?

Ich schaute zur Wand. Darauf war ein Drache gezeichnet. Den hatte es vorher nicht gegeben. Er war noch nicht fertig, ihm fehlte der Hinterleib.

Jeppe lachte hoch und verrückt. »Wer versteckt sich auch im Keller?«, sagte er. Er packte mich und zog mich nahe an sein Gesicht. »Ein Spaß«, flüsterte er. »Es war ein Spaß.«

Wir haben Ward hinaufgetragen. Jeppe packte ihn an den Schultern, ich an den Beinen.

Wir haben ihn aufs Bett gelegt.

Wir blieben neben ihm stehen. Ich wollte Ward nicht anschauen. Aber mein Blick wurde magnetisch angezogen.

Meine Augen hielten sich an Jeppe fest. Er war mein großer Bruder. Er wusste, was getan werden musste.

»Hidde«, sagte er. Seine Lippen bewegten sich kaum.

»Ja?«

»Heb zwei Finger in die Luft, genau wie ich.«

Und da, neben unserem violetten Bruder, haben wir geschworen. Geschworen, dass wir nie, nie irgendjemandem verraten würden, dass Jeppe Ward eingeschlossen hatte und wie das alles passiert war.

Ich sprach Jeppe Wort für Wort nach. Das war schwer, meine Kehle war zugeschnürt.

»Und, Hidde?«

»Ja?«, piepste ich.

»Du darfst den Keller haben. Ganz für dich allein.«

»Aber … warum?« Ich grinste. Mein Grinsen war ganz und gar unpassend.

»Das hilft dir, unser Geheimnis zu bewahren. Der Keller gehört dir. Das ist unser Deal.«

Ich nickte.

Wir liefen leise aus dem Zimmer.

Als hätten wir Angst, Ward aufzuwecken.

Nun habe ich es erzählt.

Ich habe gedacht: Wenn ich es erzähle, bin ich vielleicht erleichtert. Aber ich bin nicht erleichtert.

So etwas Blödes wie ein Versteckspiel …

Nun, da ich das schreibe, denke ich: Wie muss es für Jeppe gewesen sein, als er die Luke wieder aufmachte und Ward dort unten liegen sah? Was dachte er damals? Ist er lange unten geblieben? Hat er ihn geschüttelt? Ich habe mich nie getraut, ihn das zu fragen.

Wir haben unsere Münder fest verschlossen.

Nun weiß du, was passiert ist. Du bist der Erste, dem ich das erzähle. Ich habe mich bemüht, es so zu erzählen, wie es war. Wenn ich es in meinem Kopf nacherzählte, habe ich immer versucht, es ein bisschen zu verändern. Dass ich nicht mitging zum Fußballspielen, sondern mich mit Jeppe stritt, dass ich verlangte, er sollte sagen, wo Ward war. Oder dass ich mich selbst auf die Suche nach Ward machte und ihn gerade noch rechtzeitig fand. Aber so war es nicht. Das ist es, was passiert ist. Jeppe schloss Ward ein, um es ihm heimzuzahlen. Und ich? Ich tat nichts. Ich ging Fußball spielen. Ich zuckte mit den Schultern.

Ist es Jeppes Schuld, dass Ward gerade dann einen Anfall bekam?

Ward war krank. Alle waren vorsichtig. Er hasste das. Wir spielten mit Ward. Solange wir spielten, vergaßen wir, dass ihm etwas fehlte. Dann war er normal, genau wie wir.

Sonntag
19. Juni

Jeppe hat gestern noch viel geschlafen. Doch heute Morgen hörte ich ab und zu schon wieder leises Gitarrenspiel aus seinem Zimmer.

Ich habe bis mittags gewartet. Dann habe ich meinen ganzen Mut zusammengenommen und bin zu seinem Zimmer gegangen.

Ich stand vor seiner Tür. Eine leise Gitarrenmusik war zu hören. Sie klang nicht nach Jeppe. Ich klopfte an seine Tür. Die Musik hörte auf.

»Im Moment nicht«, rief Jeppe, aber das ruft er immer.

Ich schob die Tür auf. Rosa hockte auf seinem Bettrand. Jeppe saß aufrecht da, die Gitarre auf dem Schoß. Rosa lachte und zupfte an der Decke. Jeppe blies sich eine Locke aus den Augen.

Ein paar Sekunden wussten wir alle drei nicht, was wir sagen sollten.

Rosa zog die Augenbrauen hoch.

»Ich denke, ich habe ›im Moment nicht‹ gesagt«, brummte Jeppe.

»Ich hab nicht gewusst ... ich komme später wieder«, stotterte ich.

»Nein, nein«, sagte Rosa. »Ich wollte nur mal sehen, wie es seinem Kopf geht, ich wollte gerade gehen.« Sie stand auf. Rieb sich die Hände an ihrer Jeans.

Sie deutete auf Jeppes Gitarre. »Schön«, sagte sie. »Sehr schön.«

Jeppe brummte etwas Unverständliches.

Sie hob eine Hand, sagte »Mach's gut« und ging zur Tür. Mit dem Arm stieß sie gegen ein Becken des Schlagzeugs.

»Upps!« Sie kicherte. »Nun, vielleicht komme ich morgen wieder vorbei.«

»Mal schauen«, murmelte Jeppe. Seine Finger glitten blitzschnell über die Saiten. Die Töne krabbelten in mein Ohr.

Rosa ging an mir vorbei auf den Flur. Sie roch gut.

Jeppe spielte weiter. Ich ging hinein und machte die Tür zu.

»Jep?« Er spielte weiter, als hätte er mich nicht gehört. »Jeppe?« Er schaute nicht einmal hoch. Er spielte immer lauter.

»Ich will nicht mehr!«, rief ich über die Musik hinweg. »All diese Geheimnisse. Ich habe es satt! Ich will ehrlich sein.«

Jeppe hörte auf. »Ich darf sechs Wochen nicht mehr Schlagzeug spielen, hat die Ärztin gesagt. Das habe ich dir zu verdanken.«

»Ich habe unser Geheimnis erzählt«, rutschte es mir heraus. »Das Versteckspielen, das Einsperren, Wards Anfall, alles.«

Sein Gesicht wurde weiß. Seine Augen hellblau. Jetzt schlägt er mich mit seiner Gitarre, dachte ich.

»Aber nicht Mam«, sagte ich. »Und auch nicht Bor.«

»Wem dann?«, fragte er. Seine Stimme war plötzlich ganz heiser.

»Jemandem, den du nicht kennst. Jemandem …« Ja, wie soll ich erklären, wer du bist?

»Einer Art Freund. Jemandem, dem man vertrauen kann. Jemandem mit richtigen Händen.« Ich hoffe, es ist dir recht, dass ich dich eine Art Freund nenne.

Jeppe legte seine Gitarre hin. »Du hast es in dein Heft geschrieben. »Du dreckige Schmeißfliege …«

Er schlug die Decke hoch. Ich machte einen Schritt zurück und rannte fast das Schlagzeug um.

»Aber ich habe es nicht Mam erzählt, weil du es verlangt hast …« Ich schnaubte. Meine Füße wollten wegrennen, aber ich zwang sie, stehen zu bleiben. Ich fuhr fort: »… und weil ich finde, dass du das selbst tun musst.«

Jeppe starrte vor sich hin. Seine Beine lagen dünn und nackt auf dem Bett.

»Das geht nicht«, sagte er. Seine Stimme gehorchte ihm kaum mehr. »Das weißt du genau. Dann schaut sie mich nie mehr an. Dann bleibt nichts von ihr übrig. Dann ist sie … weg.« Das letzte Wort sagte er so leise, dass ich es kaum verstehen konnte.

»Sie geht nicht weg«, sagte ich. »Sie geht nie mehr weg.«

(Ich weiß auch, dass man so etwas nicht sicher wissen kann, da braucht man nur an Ward denken, der ist auch plötzlich weggegangen. Genau wie Pap. Aber Mam *muss* bleiben. Das ist einfach so.)

Ich räusperte mich. »Ich gehe auch nie mehr weg, Jep. Ob du willst oder nicht. Ich bin dein Bruder.«

Jeppe brach in Lachen aus. Als er wieder aufschaute, sah ich, dass seine Augen nass waren.

»Schleimer …« Er schluckte.

Er seufzte tief und schwang die Beine aus dem Bett. Er ließ den Kopf hängen. »Ich weiß es nicht. Ich weiß nicht, ob ich es kann.«

»Es war nicht deine Schuld, Jeppe«, sagte ich. »Ward … war eine Zeitbombe. Er konnte jederzeit einen Anfall bekommen.«

»Ich habe ihn eingeschlossen. Ich habe ihn ermordet.«

Ich erschrak bei diesem Wort. Es stach wie ein Messer.

»Das stimmt nicht. Du hast ihn eingeschlossen, und das hättest du nicht tun dürfen, aber du hast ihn nicht ermordet. Es war nicht mit Absicht. Du wolltest ihn nicht umbringen, oder doch?«

Er schüttelte den Kopf.

»So etwas darfst du wirklich nicht denken. Du musst es Mam erzählen. Sie wird auch sagen, dass du ihn nicht … Dass es ein Spiel war. Nein, das meine ich nicht … Es war … Du musstest es Ward heimzahlen, er hat doch auch oft genervt, nur du … Du hattest nie …«

So etwas sagte ich. Doch dann drehten sich die Worte in meinem Kopf. Ich wollte sagen, dass er nichts dafür konnte, dass Ward krank war. Ich wollte sagen, dass Jeppe ihn nicht so feige hätte einschließen dürfen. Ich wollte sagen, dass Ward dann vielleicht noch leben würde. Ich wollte, dass alles noch so war wie früher, als wir zu dritt waren, ich wünschte es mir so sehr, es flammte in meinem ganzen Körper, und ich platzte. Da, in diesem Moment, explodierte ich.

Ich schlug um mich, als hätte ich sechs Arme, ich warf das Schlagzeug um, trat gegen die Trommeln, stieß alles um, was mir vor die Finger kam, seine elektrische Gitarre, seinen Stuhl, ich dachte nicht nach. Es ging von selbst. Es machte einen ohrenbetäubenden Lärm.

Als nichts mehr da war, was ich umwerfen oder wogegen ich treten konnte, blieb ich stehen. Ich keuchte.

Jeppe saß zusammengesunken in einer Ecke seines Bettes, die Arme vor dem Kopf.

»Du lieber Himmel …«, sagte er.

»Du musst es Mam erzählen«, keuchte ich. »Du musst einfach, ich habe ihr den Keller gezeigt.«

Jeppe ließ die Arme sinken.

Ich kochte innerlich noch immer.

»Und ja«, fuhr ich fort, »sie hat den Drachen gesehen.«

Hinter mir ging die Tür auf. Es war Mam.

»Was ist hier passiert?«, fragte sie.

»Frag doch ihn«, sagte ich und tauchte unter ihrem Arm hindurch aus dem Zimmer.

Sonntagabend
19. Juni

Meiner Meinung nach hat Jeppe es noch nicht erzählt.

Wir haben zu dritt gegessen. Riesenpizza. Jeppe stützte sich auf einen Ellenbogen und spielte mit der Gabel am Käse herum. Normalerweise wurde Mam dann böse. Jetzt lächelte sie. Sie legte eine Hand auf seinen Arm und seufzte.

Jeppe sagte nicht viel.

Mam redete von der Treppe, die gefährlich war, und dass es ein Wunder war, dass wir früher noch nicht ausgerutscht waren. Ich sagte noch einmal, dass Jeppe nicht ausgerutscht war, sondern dass ich den Sturz verursacht hatte.

»Du?« Sie lachte.

Was ich auch sagte, sie glaubte mir nicht.

Nach dem Essen kam Bor vorbei.

Er stand am Zaun und winkte. Ich rannte hinaus.

»Ich bin bestraft worden«, erzählte er. »Du nicht?«

Ich sagte, Mam glaube immer noch nicht, dass ich Jeppe absichtlich zu Fall gebracht hatte.

Bor ging auf den Schuppen zu. »Sollen wir wieder zu deinen Tieren gehen?«

»Nein«, sagte ich. »Ich habe gerade genug vom Keller.«

Das verstand Bor nicht.

»Aber«, sagte ich, »ich kenne noch einen anderen Platz mit schönen Insekten.«

Kurz danach radelten wir zum Ländchen. Ich hatte ein paar Marmeladengläser in meinen Rucksack gestopft. Und ich hatte dieses Heft wieder unter meinem T-Shirt versteckt. Bei Jeppe weiß man nie.

Wir stellten unsere Räder am Zaun ab und liefen über den Friedhof zum Ländchen. An Wards Grab blieb ich kurz stehen.

»Hier«, sagte ich und deutete auf den Stein. »Hier liegt er. Oder lag er. Jetzt gibt es da nur noch Knochen.«

Bor nickte. »Mir gefallen Knochen.« Er erzählte, er habe zu Hause den Schädel eines Schafs und das Skelett eines Wiesels und noch viele andere Knochen. Wir verabredeten, dass ich ihn morgen besuchen würde, dann könne er mir alles zeigen.

Wir krochen durch den Zaun zum Ländchen.

»Hier? Hier ist alles voller Insekten?«, fragte Bor. Er wischte mit dem Fuß durch das Gras und schaute sich um. »Ich sehe nur ein paar Mücken.«

Ich erklärte ihm, dass man lernen muss, richtig hinzuschauen. Dass Insekten sich sehr, sehr gut verstecken können. Ich habe Bor die besten Suchplätze gezeigt.

Wir fanden ein paar Feldgrillen, einige Marienkäfer und einen goldgrünen Blattkäfer. Wir steckten die Tiere in Gläser, um sie besser betrachten zu können. So mache ich es immer.

Auch jetzt betrachtete ich sie genau und zählte die Flecken, ich sah, welche Männchen und welche Weibchen waren, aber ich merkte plötzlich auch, wie panisch sie herumrannten und versuchten, am Glas hochzukrabbeln, und wie sie immer wieder herunterrutschten. Je länger ich hinschaute, umso schlechter fühlte ich mich. Ich drehte die Deckel auf und leerte die Gläser aus.

»Was machst du da?«, rief Bor.

»Sie sollten nicht in Gläsern sein. Wir können sie auch so betrachten.«

Wir knieten uns ins Gras und schauten ihnen zu.

Wenn man Insekten lange und genau betrachtet, erzählte ich, ist es, als würden sie näher kommen. Als würden sie wirklicher. Man sieht, wie genau sie ihre Füße setzen und mühelos an einem Grashalm hochklettern oder wie sie gedankenlos an einem Blatt knabbern. Wenn man lange genug hinschaut, ist es, als würde man selbst auf dem Grashalm sitzen. Als ob man mit ihnen reden oder ihnen einen Klaps auf den Rücken geben könnte. Man sieht, wie prachtvoll die Rippen auf ihrem Panzer sind, oder wie fein die Härchen an ihren Beinen. Wenn man gut hinschaut, ist sogar die einfachste Assel großartig. Das erzählte ich und wir schauten und schauten. Wir sahen, wie perfekt die Schilde ineinanderpassten. Wir entdeckten unzählig viele Farben im Rückenpanzer des goldgrünen Blattkäfers.

So genau schaue ich mir Menschen eigentlich nie an. Dass mein Bruder zum Beispiel immer einen dunklen Blick hat, wie Bor gesagt hat, ist mir nie aufgefallen.

Und wenn ich Bor in den ersten Tagen, als er in meine Klasse kam, genauer betrachtet hätte, hätte ich gemerkt, dass er kein Idiot ist. Ein bisschen seltsam vielleicht. Ein bisschen anders. Ich selbst bin auch nicht ganz normal. Ich bin ein Junge, der einfach so plötzlich ein Schlagzeug kaputt treten kann.

Ich betrachtete Bor, der sich über den goldgrünen Blattkäfer beugte. Er berührte ihn fast mit der Nase.

Und dann holte ich das Heft heraus. Das hatte ich mir nicht vorher überlegt. Aber ich wollte es ihm gern zeigen.

»Was ist das?«

»Mein Heft.«

Ich erzählte, dass ich alles aufgeschrieben hatte. Den ganzen Krieg zwischen mir und Jeppe. Ich schlug es kurz auf, um ihm ein paar Zeichnungen zu zeigen.

Ich zögerte, ob ich ihm von Wards Unfall erzählen sollte. Würde er Jeppe dann anders sehen? Würde er auch böse auf ihn werden? Ich wusste nicht genau, was ich tun sollte. Was hättest du an meiner Stelle getan?

Ich habe den Mund gehalten. Bor würde es bestimmt seiner Schwester erzählen. Das würde viel kaputt machen.

Ich sagte, ich würde das Heft wegbringen.

Bor fand das schade.

Ich sagte, es müsse so sein. Irgendwann würde ich es ihm erklären.

Als wir wieder zu Hause waren, fragte Bor mich, ob wir noch ein bisschen in den Keller gehen könnten, um die Tiere zu betrachten.

Ich zuckte mit den Schultern. »Ich habe keine große Lust.«

Er zog die Augenbrauen hoch. »Nur ein bisschen.«

Ich lief hinter ihm her. Er zog die Luke hoch.

Plötzlich sah die Treppenöffnung wie ein großes, aufgesperrtes Tiermaul aus.

Er lief die Treppe hinunter. Ich folgte ihm, aber nach ein paar Schritten wurde mir plötzlich schlecht. Etwas drückte auf meine

Brust. Als würde ich zwischen zwei großen, unsichtbaren Glasplatten zusammengepresst.

»Bor«, sagte ich, »ich will nicht. Ich habe genug von dem dunklen Loch.«

Er drehte sich um.

»Ich habe genug von unserem Krieg. Der Keller gehört auch Jeppe. Ich weiß noch nicht wie, ich weiß noch nicht wohin, aber ich werde meine Tiere wegbringen müssen.«

Und dann sah ich es plötzlich vor mir.

Ich wusste, dass es schwer sein würde, ich wusste, dass ich sehr traurig werden würde. Aber es musste sein.

»Ich habe meine Insekten sehr gern«, sagte ich. »Und deshalb werde ich sie freilassen.«

Montag
20. Juni

Heute Nachmittag haben Bor und ich all meine Behälter zum Ländchen gebracht. Wir haben sie hinten ins Auto von Bors Vater geladen, das hat einen großen Kofferraum. Sie haben gerade mal hineingepasst.

Bors Vater hat es nicht so mit Insekten. Bei jedem Behälter, den wir ins Auto stellten, wurde er blasser. Und während der ganzen Fahrt kribbelte es ihm im Nacken und er schlug sich unsichtbare Mücken vom Arm.

Bor fand es schade, sagte er im Auto. Er fragte, ob er nicht einen Behälter behalten dürfe. In ihrem Keller wäre noch Platz. Bors Vater schüttelte den Kopf. Bor versprach, er würde ihn damit nicht belästigen, er würde die Tiere selbst gut versorgen. Sein Vater gab mürrisch nach.

Ich überlegte und sagte, er könne Tessa haben. Sie war ein seltenes Exemplar und so verletzlich, dass sie vielleicht wirklich in einem sicheren Glasbehälter besser aufgehoben war als draußen auf dem Feld. Und dann würde ich sie ab und zu noch sehen können.

Wir haben das Auto vor dem Friedhof geparkt, alle Behälter zum Ländchen getragen und dort in einer langen Reihe aufgestellt. Bors Vater hat uns geholfen.

»Ihr wollt sie jetzt sofort freilassen?«, sagte er und kratzte sich überall. »Wartet, bis ich wieder im Auto bin.« Damit rannte er wieder zurück.

Meine Tiere waren wie verrückt. Sie sprangen am Glas hoch,

kletterten übereinander, sie zirpten und kratzten und piepten und summten.

Ich habe mich von allen verabschiedet. »Auf Wiedersehen«, sagte ich, denn wer weiß, vielleicht treffe ich sie ja, wenn ich wieder mal zum Ländchen gehe.

Von mir aus hätte es nicht sein müssen, aber Bor fand, wir müssten zählen. (Er sagte auch immer noch »in den Himmel schießen«, statt freilassen.)

Wir standen also da, beide an einer Seite der Reihe.

»Zehn, neun, acht …«, riefen wir. Zumindest Bor rief es. Ich bekam fast keinen Ton heraus, ich hatte einen Kloß in der Kehle. Durch meine Tränen hindurch schaute ich zu Bor, der mit glänzenden Augen zählte, als würden wir ein Feuerwerk loslassen … »Drei, zwei, eins … Los!«

Wir rannten an den Behältern entlang und nahmen alle Deckel ab. Erst passierte nichts, dann krochen, sprangen und schwärmten sie nach oben.

Die Heuschrecken waren die Ersten. Wie knallgrünes Konfetti stoben sie nach draußen – einige öffneten ihre Flügel und schwebten davon, über den Graben hinweg in die Wiese. Die Grillen folgten schnell. Jackie, die Gottesanbeterin, flitzte wie ein grüner Blitz hinterher. Die Blattheuschrecken krabbelten zum Rand und ließen sich vom Wind wegtragen. Die Totengräber tschilpten. Das Glühwürmchen blinkte. Die Rosenkäfer kletterten übereinander, sie bauten Türme und stiegen so über den Rand. Es sah aus, als hielten sie sich an den Händen fest und tanzten in einer Polonaise aus dem Glas.

Den Würmern, Schnecken, Tausendfüßern und Ohrwürmern mussten wir helfen. Und Tiuri, der Nashornkäfer, war eingeschlafen.

Bor deutete auf die Hirschkäfer. Die waren immer noch dabei, aus ihrem Behälter zu kriechen. Doch jedes Mal, wenn der eine über den Rand krabbeln wollte, packte ihn der andere am Hinterleib und zog ihn zurück. Und andersherum. Bor konnte sich kaum fassen.

Bambi und Rambo wurstelten noch eine Weile herum, bis Bambi es satthatte, brummend die Flügel ausbreitete und davonflog. Rambo brummte hinterher.

Er war der Letzte.

Dienstag
21. Juni

Heute Morgen in der kleinen Pause kam Lieke mit einem Marmeladenglas zu mir. »Für dich«, sagte sie. »Ich habe sie in unserem Garten gefunden. Vielleicht wird sie zu einem schönen Schmetterling. Weißt du, was das ist?«

Ich hielt das Marmeladenglas hoch. Zweige waren darin und eine Raupe.

»Das wird ein Admiral, ein Vanessa atalanta«, sagte ich. »Die sind sehr schön. Danke.«

Sie lachte verlegen.

»Aber ich halte keine Insekten mehr gefangen«, sagte ich, »ich habe alle freigelassen.«

»Alle?« Sie machte große Augen.

Ich erzählte, wir hätten nur Tessa behalten, deren Behälter jetzt bei Bor im Keller stand.

»Oh ja, Tessa«, sagte sie kichernd.

Wir gingen zusammen hinaus. Ich holte die Raupe aus dem Glas und setzte sie vorsichtig auf einen Strauch. Wir schauten zu, wie sie an einem Blatt knabberte.

»Ich weiß einen Ort, wo viele Schmetterlinge sind. Ich gehe oft hin. Willst du mal mitkommen?« Das war mir einfach herausgerutscht.

»Ja, gern«, sagte sie und lachte. Ich fühlte, wie mir Flügel aus den Schulterblättern wuchsen und mich zitternd hochhoben. Ich schwebte ein Stück über dem Pflaster.

Jetzt bin ich zu Hause, ich sitze in meinem Zimmer. Das Heft ist fast voll. Gleich werde ich es wegbringen. Ich bringe es an einen Ort, an dem es von dir gefunden werden kann. Und dann, eines Tages, landet es in deinen Händen. Eines Tages schlägst du es auf und dann wirst du alles lesen. Dann weißt du, was passiert ist. Ich glaube nicht, dass Jeppe sich darüber freut. Und trotzdem muss es sein. Ich tue es auch für *ihn*. Geheimnisse müssen erzählt werden. Sie müssen herauskriechen, sonst fressen sie einen von innen auf. Jeppe wird das auch verstehen. Vielleicht noch nicht gleich, aber bestimmt nach einer Weile.

Ich habe dich in den Krieg hineingezogen. Das war nicht meine Absicht. Oder doch. Es war die einzige Art, gegen Jeppe kämpfen zu können. Du hast durchgehalten. Ohne dich hätte ich es nicht geschafft. Siehst du: Bei dir ist das Heft gut aufgehoben.

Heute ist der letzte Tag, an dem ich das Heft noch in den Händen halte. Das ist verrückt.

Es ist ein bisschen so wie das Freilassen meiner Tiere, gestern. Ich habe sie so lange gefüttert und versorgt, ich habe mit ihnen gesprochen, ich habe ihrem Zirpen gelauscht, ich habe sie stundenlang betrachtet, und doch musste ich sie freilassen.

Sie sind schöner, wenn sie auf dem Feld sind oder im Wald. Wenn sie überall herumkrabbeln und springen und fliegen können. Wenn die Sonne auf ihren Panzer scheint. Dann kann nicht nur ich sie bewundern. Sondern auch du. Jeder.

Hidde

© Chris van Houts

Simon van der Geest

Simon van der Geest, geboren 1978, schreibt Bücher, Theaterstücke und Gedichte und ist einer der bedeutendsten niederländischen Kinderbuchautoren. Bislang erschienen von ihm *Das geheime Logbuch, das magnetische Mädchen und eine fast brillante Erfindung* und *Dysseus*. Für *Krasshüpfer*, sein drittes Buch, wurde Simon van der Geest 2013 mit dem Goldenen Griffel ausgezeichnet.
Mehr zum Autor: www.simonvandergeest.nl